致闺蜜：

你笑起来，真像好天气

夏林溪 著

化学工业出版社
·北京·

和你一起人来疯，又会装文艺，还爱自拍的好闺蜜，你想起了谁?

亲爱的：

最初，我们的默契是一场交谈，说出来，就懂了。
后来，我们的默契是一个眼神，看到了，就明了。
最终，我们的默契是一种信念，想到了，就安心了。

当我睡不着的时候，你也别想睡得安稳；当我说“我累了”的时候，你就说“你来吧，我管吃管住”。
当别人附和我的时候，你留下来泼我冷水；当别人嘲笑我的时候，你陪在身边鼓励我。

是你让我意识到，真有那么一个人，一经遇到，就会觉得三生有幸。

你就是那个整天和我抢零食、说我“笨蛋”却不会让我生气的人；你就是那个今天吵、明天笑、近了烦、远了想的人。
你就是那个坐在一起即使我说的话前言不搭后语，你也懂；即使什么都不说，也不会感到尴尬的人。

当我受了委屈，本来不想哭，可只要你的一句“你怎么了”，我就会哭得稀里哗啦的。在你面前，我无需伪装，也无需表现得坚强。我把开心的和不开心的事情都说给你听，你把快乐的和不快乐的经历都和我分享。我们知道对方所有的秘密，也了解对方所有的心事。

是你让我发觉，真有一个人，比爱人还懂得倾听。

我为了买到合适的鞋，拉你逛了一天的街；你为了晚上吃什么，能花掉一个上午和我“纠结”。
不管我走在哪里，你都会站在我看得见的地方，当我难过、委屈的时候，只要我回头，你始终都站在我身后。

是你让我觉得，单不单身都无所谓，有你在身边吵吵闹闹，也很美好。

我们可以一起扮可爱、卖萌、耍帅，也可以一起发神经、当白痴、犯迷糊……
即使经常不见面，我们的感情依旧如故；即使口无遮拦，我们也能成为彼此互相信任和依赖的人；即使没有恋人，也有你照顾我、说爱我。

是你让我相信，真有一个人，比恋人还死心塌地。

我们吵不散，也骂不走对方。
不见时，我们彼此挂念；见了面，天天说对方“很烦”，若是谁生病了，又马上嘘寒问暖起来……

是你让我明白，真有一种感情，一辈子都不会输给时间。

在我最黑暗的时候，是你陪我一起等天亮；在全世界都背叛我、所有好运气都逃离我的时候，你却依旧陪伴着我。

是你让我认定，这世间所有的荣华富贵，都不及一个你。

如果说，成长让我领教了世界是何等凶险，那么，你让我发现了这个世界的温存和美好。

最好的感情，是及时的关心，是别无所求的关怀。

目录

CONTENTS

第三辑

因为你，我愿意成为一个更好的人

第四辑

我相信有一种感情，一辈子都不会输给时间

第五辑

离开的人越来越多，留下的人越来越重要

第六辑

我们一起走到青春散场

第一辑

世界如此之大，我却能幸运地遇见你

你 笑 起 来， 真 像 好 天 气

我记得那天，你出现时自带背景音乐和七彩霞光效果的场景，当时我心里感慨道：“居然有这么神奇的事。”然后我就知道，你一定是我的菜！果然，后来的我们如此亲密。

亲爱的，是你让我相信，人世间所有的荣华富贵，都抵不上一个你。

天气

日期

心情

在不动声色的日子里，能遇见你真好

假如人生不曾相遇，我还是那个我，偶尔做做梦，然后，淹没在这喧嚣的城市里；假如不曾相遇，我不会了解，这个世界还有这样的一个你，让我回味，让我感到温暖；假如人生不曾相遇，我不会相信，有一种人可以百看不厌，有一种人一认识就觉得温暖。

原来你真正的魅力，不是你给我留下了美好的第一印象，而是我认识你多年后，仍喜欢和你在一起；也不是你瞬间吸引了我的目光，而是我在熟悉你以后，依然欣赏你；更不是初次见面后，就有相见恨晚的感觉，而是历尽沧桑后，我还是由衷地想对你说，能认识你真好。

在人群中，遇见这样一个人，你们性格相近、喜好相同，有着一分执着、九分淡然，不奢望回报地爱着对方。然后，四目相接，发现她的眼里这般明若清镜，你从她的眼里看到你自己，心口有花，开得安静又清冽。这大概是友情最美好的模样，酒未饮，人却醉了。

亲爱的，第一次遇见你的时候，你像是斯斯文文的大家闺秀，熟了以后，就不知道你是哪个精神病院放出来的。

喃喃细语

我觉得能认识你，有点像发生了某个极低概率的奇迹。

我们有多合适做朋友呢？我猜大概是我们什么都刚好。脾气、性格刚好互补，会吵架、会斗嘴，却明白谁也不会走，把彼此放在心里。我想，最美好的关系莫过于此，我灰心了你帮我加油鼓劲，我骄傲时你给我泼冷水，我生日时你总记得给我惊喜。

有些遇见，不是为了有更好的前程，只是为了在最美的时光遇见最美好的人；有些人，不是为了得到什么而相识，只是为了能在同一片天空下呼吸满足。就如同我和你的相遇，不需要轰轰烈烈，也不需要有太多的惊喜，当我遇到你的时候，我就知道最好的朋友会是你，也只会是你。

遇见了形形色色的人之后，我才知道，原来世界上除了父母，还会有人掏心掏肺对我好，还会有人无条件地、完全地信任我。是你，从不嫌弃我的体重，还唠叨着叫我多吃；是你，清晨叫我起床，夜里叫我早睡。谢谢你与我，年少相知，经年相伴。

其实最好的友情和爱情一样，终极的目的不是时时刻刻腻在一起，而是理解、默契，是要找一个可以边走边谈的人，无论什么时候，无论怎样的心情。

遇见你，就像是回到家，推开门、开了灯，一瞬间所有黑暗，全部变成光明。

天气

日期

心情

你知道我不是百毒不侵，我明白你并非刀枪不入

所谓关系最好的人就是，当全世界的人都觉得你是在小题大做时，她却懂得，你为什么哭得如此歇斯底里。如果说，这个世界上，每个人都有个想遇见的人，想寻找的人，那么她就是你想遇见、想寻找的人。她懂你的故作坚强，知道你不是百毒不侵；你也明白她的伪装和逞强，知道她并非刀枪不入。

这个世界总有些误解是你永远打不破的枷锁，就像懂你的人知道你是刀子嘴、豆腐心，而不懂你的人咬定你是表里不一。看着不喜欢的人，你总是学着将内心的不满沉淀，看着心动的人，你又会试图将内心的情绪隐藏。唯有在她面前，你可以不用装模作样。

百毒不侵的内心，往往会被一句简单的安慰打败；刀枪不入的伪装，常常在懂你的人面前彻底投降。原来，真正的陪伴，不是把别人拉到你的生活轨迹上，或者强行进入别人的世界找到一个位置，而是一种心灵的在场，就好像我不用问候一声，也知道你一定随时会回应我的召唤。

你不必逞强，不必说谎，懂你的人，会知道你原本的模样。

喃喃细语

有时候，我想证明给一万个人看，到后来，我发现只有你一个人明白了，也觉得很足够。

我在你面前哭的时候，不要害怕，不要觉得自己做得不好，不要费心思安慰我要我想开点，甚至不要去责怪让我哭的人或事，不用劝我别哭了。在你面前哭，不是你的错，只是说明你让我安心，在有负面情绪的时候，我只希望安心地哭一场，你会陪着我，不会看不起我的任何软弱。这样的存在本身，就等于一切安慰。

有些人并非天生带刺、拒人千里，只是她真的不擅交际且羞于主动，所以干脆就直接少言寡语，然后被人误会是“高冷”。其实，如果旁人有耐心再往前多走几步，就会发现她很平易近人，也比很多人都要重情和懂事。比如你，我知道你是这样的人，一直都知道。希望每个人都能遇到这样的人，能读懂自己冷漠下的热情，微笑中的忧伤。

真正懂你的人，懂你的假装强势，懂你的欲言又止。当所有人被你的笑容蒙蔽时，有个人，会看到你眼里的痛。懂你的人，会用你所需要的方式去关心你；不懂你的人，会用她所需要的方式去关心你。于是，懂你的人，常常给你恰到好处的关怀，而不懂你的人，常常事倍功半，她关心得很吃力，你被关心得很辛苦。

爱你的人未必懂你，但懂你的人一定会疼你。一生之中，有一个懂你的人便是最大的幸福。懂你，是了解你成功背后的艰辛，是清楚你坚强背后的不屈。懂你的人，是能倾听你的声音，在你黯然时给你阳光的人。夸你的人，都是不懂你的人，懂你的人会说一句“别硬撑了”。

时间会告诉我们：简单的喜欢最长远，平凡的陪伴最心安，懂你的人最温暖。

I miss you

生命是一场遇见。

人来人往，

最稀罕的就是

遇见另一个自己。

天气 ______

日期 ______

心情 ______

因为有了人海，
相遇才显得那么意外

而今，我终于明白，在相遇之前，我也许还有别的朋友，只可惜那个人并没有那么重视我，又或者是，别人重视我的时候，我却不那么重视她。为什么最后会是你和我成了最好的朋友呢？我猜想，之前的那些人都只是为了恭迎你的出场。你看，我们的相逢中，天意常在。

有些事情好像早已注定，比如遇见，比如感觉。那年阳光很好，我们如此遇见，觉得你是另一个自己。你知道我的生日，知道我爱吃什么，知道我说“没事”是谎话，知道我说“呵呵”肯定是不高兴了，知道我笑的时候并不是真的开心……遇见了这样的你，是我这辈子最大的荣幸。

仔细想想，原来每个人偶尔都会有一些很小的超能力，比如随手一扔的苹果核，正好掉进垃圾桶；想找书里的一句话时，随手一翻恰好是想找的那一页……再比如遇见你，我就像猜中了不会做的那道数学选择题。

喃喃细语

亲爱的，感谢时光，不偏不倚，躲过了风口浪尖，让我恰好遇见你。

你说，初见的感觉，美好得像是恋爱。在你漆黑的世界里，我泛着温柔的光……有时，我很怕自由和时间把你带走，但我愿意相信，每一刻我都在你心头，就像你在我心头一样。从遇见你开始，我便像是获得了天下至宝，所有的别的东西，都可以不用在意。

两个相互珍惜的朋友，最好不要过分占有彼此的空间。若是想多了，就会增加这份友情的负重。这种单纯的关系，比暧昧明朗，也比暧昧美好。这份感情不需要承诺，也没有担忧，你心底知道这样的遇见就是最美好的事，若打着朋友的名义要求更多，那不是朋友，而是占有。

在成长的路上，你会遇见很多人，但并不是每个人，都会与你情深义重。最好的陪伴除了要缘分，有时候也需要你的一点点主动。用你那一点小小的执着和主动的付出，换一些萍水相逢的微笑，也是很好的事。流水上漂浮点点花瓣，星空洒下片片微光，指路时的温暖，相邻过的关照……这些都是很好很好的际遇。

人生最幸运的事之一就是能遇到一个好玩的、且能和自己玩得来的人。不是所有人都有好脾气，如果你恰巧遇到了能包容你、迁就你的人，请别磨光了她的感情。不要因为你的幼稚和任性，消耗了你这一生中最好的运气。对自己好一点，因为一辈子不长；对身边的人好一点，因为下辈子不一定能够遇见。

我遇见你，是最美丽的意外。

天气

日期

心情

陪在我身边的那个疯子，我一辈子都忘不了

有人陪着真好。有人陪着，点外卖就可以点够起送价；上厕所时有人给看包；走夜路不用总是频频回头看身后；电影散场的一瞬间也不会觉得寂寞了。一个人不管有多优秀，首先她愿意陪在你身边，这份友情才有意义。友情到最后，不是比谁更出色，而是看谁肯留在身边。

成长的道路上，你可能会遇见很多人。有人疼惜你的奋不顾身，也有人说你矫情；有人嫉妒你太优秀，也有人看轻你，不把你当回事……可尽管如此，也总有一个人正在接受并习惯着你的这些，她没走，一直都没走。在这个时常陷入孤独陷阱的年纪里，她的陪伴显得尤为珍贵。

有些人，一天不联系、两天不联系也就慢慢失去联系了；有些人，一天不联系、两天不联系但每次只要聊天，都会觉得时间没走。去哪里遇见谁，和谁变成知己，这种事情需要缘分，但相处之后却失去联系，这时候的缘分大概就是看有没有用心了。我能遇见你，又怎么舍得再回到陌生呢？

世上最慷慨的人，是肯花时间陪你的人。谁的时间都有价值，她却把时间分给了你。

喃喃细语

亲爱的，谢谢你做我没有血缘关系的姐妹。

一段友情，能持续下去，最重要的或许不是关怀，而是感恩。谢谢你在人群里发现我，视若珍宝且呵护至今。谢谢你把最珍贵的青春与我相伴。所以，将来无论发生什么，可以争吵、可以生气，但绝不会断交。

以前总是想留住身边每一个人，后来发现，不管是从小玩到大的伙伴，还是新认识的朋友，其实你都不必强求。愿意在你最不堪时陪着你的，愿意和你一起挺过难关的，愿意泼冷水让你清醒的，你赶都赶不走，而那些天长地久说说而已的，你也根本不必留。愿意比什么都重要，也比什么都来得长久。

总有那么一天，你会不需要那种费心费力的友情了，你想要的只是一个不会离开你的人。冷的时候，她提醒你加外套；胃里难受的时候，她会给你一杯热水；心里难过的时候，她会给你一个拥抱。

每个人的生命中都会有无数个擦肩而过，不是每次相遇都能凝结成真心朋友，也不是每次相邀都能转化成知心闺蜜。一辈子那么长，生活中变数那么多，有时你以为会永远陪你走下去的那个人，居然只能陪你走一段路。幸好我和你总会保有一点对于永远的奢望，才让我们之间的互相陪伴，如此长久而美好。

我觉得真正的好朋友就是我们在一起的时候都是孩子，分开就变回大人。

天气

日期

心情

你陪着我的时候，我从未羡慕过任何人

我就是想轻轻松松地和你待在一起，我们没有秘密，没有私心，没有不开心。性格不合适，我们有共同磨合的愿望，习惯不一样，也可以慢慢适应。我们都有一颗想快乐在一起的决心。在你面前，我可以不必有出息，可以不必顾及形象，可以全身是弱点，因为我们是最好的闺蜜。

我喜欢这样的你，因为你是我认识的人中，唯一不用刻意归类的人；唯一不需要任何形式去讨好的人；唯一可以替我抵挡孤独的人。我就是这样地眷恋着你。我可怜吗？不，我还觉得我可喜可贺呢。

两个人能聊到一起太重要了，你总能接上我抛给你的点，并且抛回来一个，有来道去的，像说相声一样，在聊天的过程中，你还一直在笑。能做到自己不用装、能开玩笑开到一起的两个人太幸福了。而这大大的世界中，唯有你才能给我这种感觉。有你陪我的时候，我从未羡慕过任何人。

“姐妹做多久算够？”

“心跳多久算多久！”

I miss you

喃喃细语

亲爱的，真的不用遗憾，没有在最飞黄腾达的时候遇见你，因为我们要的，终究不是一段花天酒地的快乐，而是天长地久的温暖相伴。

从你那里，我得到了对抗孤独的信心。这一点，真的要感谢你。当然，你不知道，就是知道了，你也不稀罕。但是在我这里，这很重要。每次，我被孤独挤得失去重心，挤得想脱下鞋子去发脾气的时候。我就会在突然之间看到你的身影。你每次恰到好处的陪伴，像动听的口哨声，清脆、明亮。

伤心难过的夜晚，我拨通你的电话，不必解释，只说“我很难受，我很想哭”。然后对着话筒大哭。你不说话，静静地听着我哭。等我哭累了，我只要说一声“我去睡了哦”。明天醒来，我忘了给你电话，你也不会生我的气，只会担心我，想知道我今天过得好不好。你总是这么好，不问缘由地陪我笑、陪我哭。

对我而言，生活中愉快的事情很多，但最愉快的，莫过于再相逢时，你突如其来地给我一个拥抱；是人潮拥挤时，你自然而然地牵紧我的手；是你给我起的特别昵称，是你在我身边的安心；是你对我无话不说的信任，是你对我的没有底线的包容，是你在乎我、照顾我，包括我的坏脾气。

是你让我相信，原来有一种感情，竟然能比爱情还要美好。也是你让我体会到，最美好的事是有人爱，最安心的事是有人信，最幸福的事是有人陪，最奢侈的事是有人等。也是你教会了我要去善待爱我的人，回报信我的人，珍惜陪我的人，感恩等我的人。

有一个投缘的朋友，话就变得特别多，像是要把前世今生都交代给她。

天气

日期

心情

我遇见的人越多，就越庆幸能遇见你

闺蜜有很多种，我们这种就是，我想和你牵着手走在大街上，我们一起看电影、给对方夹菜。我们一起像驴子围着磨盘转，把时间磨成粉末，然后用粉末揉面，做包子、饺子、面条，吃下去，饱了，心满意足。我想和你用一点微弱的想象，给这逐渐暗淡的岁月，涂一抹口红。

有些人是你初见好，而感觉越来越差的；有些人是你刚开始不感兴趣，却一点一点喜欢上的。喜欢得快，不代表就好，因为真正长久的关系，永远都需要积累。安全感不是每天有一个固定的人在你身边，陪你上下课，陪你一起吃饭。真正的安全感，其实就是在遇到困难或者纠结时身旁能有个声音说："多大点事儿啊？有我呢！"

我们珍惜一个人，一定是被她感动过；我们放弃一个人，一定是对她失望过。人在落魄时才能看清，谁泼的是冷水，谁给的是关心。陪你的人，因暖心而情义交换，才离不开；懂你的人因疼惜而无可取代，才不离开。其实幸福的人不是拿到了世上最好的东西，而是珍惜了手上已经拥有的。

我不知道，这辈子还能在一起多久，也不知道，下一辈子是否还能遇见你，所以我现在才会那么努力，把最好的都给你。

喃喃细语

亲爱的，在我不懂事和懂事的所有时间里，天底下所有的好事，不过就是三个字：遇见你。

你会发现，最后留在你身边的朋友，不是那个在你感冒时说好好休息的人，而是记得给你买药的人；不是那个陪你闲聊的人，而是那个会叮嘱你少浪费时间的人；不是那个喜欢开你玩笑、戳你痛处的人，而是真正懂你的好，还乐于告诉别人的人。

茫茫人海就像一片戈壁滩，我们就是滩中的沙砾，不过有你做伴，我就不再感到渺小和孤独。时间在一点一点地消磨着我们的棱角，侵蚀着我们的梦想，当我在失落、遗憾、不甘、愤懑的时候，想到还有你，即使有些东西已经再也找不回来，我的掌心始终握着最珍贵的宝藏，给我力量。谢谢上天，让我们遇见。

我爱美食、爱运动，爱美好的世间百态，爱这个秋风四起、风叶缠绵的美丽世界，但比较起来，皆不及我爱你。

愿每个人都能拥有这么一个人，互相看着顺眼，偶尔有共同话题能疯能闹，偶尔也会一言不发。你们愿意为对方全心全意地付出，也愿意陪对方从落寞到幸福。

“什么是亲密无间？”

“大概是无话不说、彼此透明，在一起能疯能闹，相处时不拘小节。”

天气 ________

日期 ________

心情 ________

别人都问我对不对，只有你问我累不累

比起劝我早睡的朋友，我更喜欢陪我熬夜的人。道理非常简单，谁都可以关心你，偶尔想想你，可是很少会有人能甘愿放弃自己的规则来迁就你。世界上只有同类才可以做朋友，志不同、道不合的人往往只能在某个猎奇的时间里做一阵子开心的同伴。被时间的洪水淘过，最终仍然堆在一起的，一定是同样材质的小石头。

渐渐地，我成了镜子中的你，吃饭时、旅行时、睡觉时，甚至连等雨停时，我们都一模一样。我面对你时，你也面对我；我的右手靠近你时，你的左手会伸过来；我们望着天空，一起并肩行走在无人的街道上，无言地读懂彼此的内心，只要，有你在我身旁。

不是所有人都把我当朋友，更不是所有人都在乎我，我不会为了迎合一些人，把自己过得这么累，与其讨好每个人，不如用心结交那些对我好的人，知己一二抵过千百个泛泛之交。

其实我没照片上那么好看，我也很邋遢、懒散，爱骂人、八卦、记仇、毒舌、得理不饶人、臂粗腿粗……感谢爱我的人，一直在我身边。

真正的朋友就是不管多久没联系，但心中依然牵挂。只要你一句话，就能马上来到你身边。

喃喃细语

亲爱的，如果你累了，可以止步看夕阳，人生路上，我陪你流浪。

想和你一起去旅行，去看看远方的河水，是否碧绿；想和你一起去旅行，去看看别处的阳光，是否肆意；想和你一起去旅行，去看看他乡的白云，是否随性。后来才知道，只有你在身边，风景才可算是风景。所以，你永远也看不到我最寂寞时候的样子，因为只有你不在我身边的时候，我才最寂寞。

你总对我说，别总熬夜，早点休息，不要哭泣，不要拿你当外人，别什么事都一个人扛……你看，你总是这样，像火堆一样让我温暖无比，像灯塔一样照亮我前进的方向，当我累了、倦了时，就发现你一直在不远处默默守候。

反正最后都会变成满脸皱纹的老太婆，有一堆年少时舍不得丢的破烂收藏；反正最后能留在身边的人不会很多，但留下来的都是无话不说的老友。当初路过的人和事，全攒成了丰厚的回忆。懂我的人不需要多，只要最后是你就好。

靠谱的你，是我今生最温暖的外套。你眼睛里的温柔，仿佛呐喊着为我加油。

第二辑

不是没你不行，而是有你更好

你 笑 起 来， 真 像 好 天 气

当一个吃货对另一个吃货说“我们一起去吃哈根达斯”的时候，一种天然的默契就会像烟花一样在她们的头顶绽放，两双满含“口水”的眼睛闪闪发亮。

对视只等另一个吃货兴奋地说道“听起来就很好吃呢”时，默契达到高潮，然后两人手拉手出门，场面的感人程度堪比婚礼。

天气

日期

心情

我最擅长口是心非，而你总能察觉

有时候，恰恰是你不经意的一句话，就成了朋友心里一直温暖的火焰。这种感动，往往不经意，才更加动容。有一种好朋友，各自有各自的生活，但无论在哪里，只要需要的时候，一回头，就找得到对方。一个人可以很天真简单地长大，一定是身边有个人用更大的代价守护而来的。

因为不想被人看穿，于是我学会了隐藏；因为不想再被人伤害，所以我学会了伪装，但你是个例外。我微笑时，如果你懂，只要握紧我的手，对我微笑就够了；我哭泣时，如果你懂，只要借我一个肩膀，静静陪我就够了；我委屈时，如果你懂，只要给我你的怀抱，让我只在你面前脆弱就够了。

是你让我明白，在这个迷茫的年纪，能遇到一个懂自己的人，是最大的幸福。虽然你不一定十全十美，但能读懂我，能走进我的心灵深处，能看懂我心里的一切。最懂我的你啊，总是会一直在我身边，默默守护我，心疼我，不让我受委屈。原来，真正在乎我的人不会说许多美好的话，却会做很多温暖的事。

有你的地方，再破败不堪也是天堂；没有你的地方，再繁花似锦也太荒凉。

喃喃细语

一脸的傲娇，终究藏不住心里的翻江倒海，我的这点小心思，你竟然都懂。

希望你遇到一个懂你的人，就像是你只要说上半句，她就能接下半句；你想起一个桥段，她能马上体会得到；你哼一首歌，他就知道这首歌是什么；你一个眼神，她就知道你的潜台词是什么。你的心里有一团火，别人只能看到烟，而她内心的火跟你一起燃着。最重要的是，你不必去解释你那突如其来的情绪。

我的脑子里住着两个小人儿，敏感固执、爱耍性子的那个常常闹情绪，搅得天翻地覆；理性好脾气的那个又常常提醒，保持良好的姿态去和你在一起。只有我知道，它们都舍不得你，偏激或隐忍，只是因为表达的方式不同。我总是擅长口是心非，而你总能察觉，这种感觉真好。

人都有一份孤独，再繁华，再热闹，也总有一颗冷静的心在观察世界，但唯独她，一眼就能洞穿你的孤独寂寞、忧愁心伤；唯独她，一眼就能明白你所有的欢笑都不过是伪装、是逞强。她会在众人之间一眼看到你，然后读懂你、明白你。不似爱情，胜似爱情。

因为有你，我的天空多了一份蓝；因为有你，我的回忆多了一道色彩；因为有你，我对这座城市多了一份留恋；因为有你，我的生活多了一份温暖；因为有你，我的眼睛中多了一道光；因为有你，我的生命多了一层意义。人生的路，那么长，只有你，是我最最珍贵的收藏。

认识我的人以为我很静，了解我的人以为我很疯，只有你知道，其实我很忧伤。

天气

日期

心情

有的人说不清哪里好，可就是谁都替代不了

我的那些花儿，如今都不在我身边。所以，我听杨千嬅的《姊妹》会哭，看到闺蜜两个字也会哭。我们共同的敌人，是男人和岁月。岁月会把我们变成怎样的女子我不知道，我只知道，我十七岁时爱的那个男人，已经牵起了别人的手，而我的闺蜜们，身边一直有我，永远有我。

现在还陪在我身边的你，十年后是否依然能陪我一起疯、一起闹？你结婚时，我想做你的伴娘，之后做你孩子的干妈。当我们各自都长大，也要时不时聚在一起，谈谈生活，讲恋人的坏话。等到七八十岁，还能感情不变，露出那掉了几颗牙的嘴，笑着对对方说：“你要不要陪我去补牙？”

她无聊了，叫你出来，你就得出来；她要见心动的男生，叫你走，你就得走。她跟你说一大堆的废话，而你还要去用心敷衍；她难过了，你就得去骂骂她。她看上了你的那件衣服，就可以毫不客气地拿走。她以揭穿你为荣，以讽刺你为乐，可即便如此，你还是爱她。

友谊法则第一条：尽量不要让你的朋友感到孤单……
所以啊，有事没事，就放心大胆地去烦烦她们。

喃喃细语

亲爱的，我的青春，若抹掉你，就等同于失忆。

这一刻，我开始意识到，真正的朋友，或许恰恰是那个不会轻易影响你的人。尽管有着截然相反的价值观，背道而驰的处世哲学，她从来不会强行向你灌输什么，也懂得尽量少地对你造成任何心理负担。站在她身旁，你永远不必担心会被她的身影笼罩。

我知道有人嫌弃我的体重，有人介意我的容貌，有人害怕我的无理取闹，有人受不了我的脾气，也有人看轻我、不把我当回事。尽管如此，我还是相信，世界上还有一个你，能容忍我，而且将会陪伴我一生。所以，即便后来我开始疲于应付一些人和事，懒散之处多处可见得，唯独对你，颇是上心。

喜欢和你在一起，并不是你长得好不好看，说话动不动听，而是你在特殊的时间里给了我别人给不了的感觉。你呀，说不清哪里好，但就是谁都替代不了。也许我们之间，在节日里不发短信，平时也不需要天天电话寒暄，但一旦有事，拿起话筒，连一句“不好意思”的客套都不用，可以直奔主题……

什么是真正的朋友？真正的朋友是能在成长的路上一起走很久，而不计较谁付出的多少。我们是因为真的喜欢对方这类人，才在一起的。我们之间的熟悉不需要任何证明，就像小时候，你站在院子里喊一声，我就会应声跑出来。人生那么短，相聚的时光那么少，能在一起玩耍已经很开心，“计较”是大人们爱玩的游戏，不是小伙伴。

在我最需要安慰的时候，你的一句『我在』，便是这个世界上最温暖的力量。

I
miss
you

熬过年少轻狂

我送你出嫁可好？

天气 ______

日期 ______

心情 ______

不是没你不行，而是有你更好

你问我喜欢你哪里，我说那天天气有些阴沉，我在街角的咖啡店，恰巧看到你，带着一身阳光走进我的心里，从此便着了迷。在没遇到你以前，我怎么也想象不出，自己会如此深刻地去在乎一个人。认识你以后，我也从不敢想象，如果失去了你，我的世界会沦陷为怎样。

遇到一个喜欢的人其实不难，多少友情都开始于喜欢，结束于了解；后来明白，所谓合适的朋友，没有定论，大概是三观相似，兴趣可以不同，但决不干涉对方，有话聊，相处和独处一样自然。这一路，你是你，我是我，不是没你不行，但有你更好。

下雨天大家好像都有不同的喜好。我朋友喜欢吃着黄瓜味的薯片在床上看书；我下铺喜欢睡一个昏天黑地的午觉；妈妈喜欢煮冰糖雪梨汤来慢慢喝。而我喜欢想你，漫无目的地、温温吞吞地想你，从下雨天初遇的屋檐下开始。

喃喃细语

亲爱的，现在的我们一起穿校服，长大的我们一起穿婚纱。

舒服的感情是你聊起任何话题，对方都聊得下去，不是因为对方见多识广，而是对方极其感兴趣。你了解的，对方会说你不知道的部分；你不了解的，对方会告诉你她知道的部分。两个人最好的相处方式，是懂得你进我退和你退我进。

和你相处起来很舒服，因为既能聊搞笑的、不正经的话题，也能在某些事情上有独到见解，不至于严肃呆板、低级趣味。我们都懂得换位思考，也愿意以真心相待，生活里有这样的人相伴，我总是觉得很幸运。多么希望，未来的每个春夏和秋冬，都有你在我身旁，倾听我快乐和感激的心。

互相陪伴了一段路，才明白只有知根知底、聊得来的人，才能聚到一起，才能留在身边。有人来，自然就有人走，留下的都是看到你的全部，却依然愿意留在你身边的人。这样的友情和爱情一样，深情的不及久伴的，厚爱的也自然不需要用言语修饰。

如果活着，是上帝赋予我最大的使命，那么活着有你，将会是上帝赋予我使命的恩赐。其实，我们只是想找一个谈得来、合脾性，在一起舒坦、分开久了有点想念，安静久了想闹腾一下、吵架了又立马会后悔认输的人。爱情如此，友情同理。

即使有一段时间没有联系，我们的关系却仍然保鲜，没有任何陌生的感觉。

天气

日期

心情

怎么办，
我就是没法对你发脾气

其实谁都不想发脾气，赌气不过是为了看看对方会为自己退让多少空间。我们都有这样的习惯，闹矛盾时喜欢说话带刺，喜欢不理不睬。懂得你的人会为你放下架子，不懂你的人，维持了僵局。总有个人，一换语气和你说话，你就觉得世界都塌了。但一个微笑、一张小纸条，又可以很快赢得你的原谅。

当我们刚认识一个人的时候，她是展现在公众面前的样子：自信、优雅、时髦、幽默、体贴、善解人意；当我们熟悉了那个人，才发现她身体里那么多喜怒哀乐，她的悲伤、软弱、无理取闹，她的种种都让你觉得，你怎么会喜欢这样一个人。这个时候，我们总会忘了一件最重要的事——你能看到这些，是因为她也在乎你。

我不知道我的身后有多少人中伤我，也许他们口中的我是一个口蜜腹剑的坏人，可是没有办法，有些人处于一种病态：往别人身上泼脏水使他们快乐。我饱受诟病，却不闪不躲，因为我知道，有你信我。

有没有这样一个人，刚刚认识的时候，你真心没想过以后会是现在这样亲密。

喃喃细语

我的零食分你一半，你就一直在我身边好不好？再不行，零食都归你，你归我。

三个月后，还会争分夺秒地关心吗？半年后，不开心时仍会陪伴在左右吗？一年后，睡不着时还会聊天到半夜三更吗？两年后，看见我落泪了还会像第一次看见我哭时那么不知所措吗？三年、四年、五年，再然后的一辈子，你还会一如既往、毫不犹豫地陪在我身边吗？我在乎这个，因为我在乎你。

刚成为朋友的时候，我们彼此都很客气，总是小心翼翼的，害怕破坏了这种感觉。后来，我们慢慢相处、慢慢熟悉，逐渐有了摩擦、有了分歧、有了争吵，最后我们才发现，最珍贵的感情，从来不用被捧在手心里。即便是吵吵闹闹，我们也从未想过会丢下彼此。

总有一个人会改变自己、放下底线来纵容你，不是天生好脾气，只是怕失去你。所谓性格不合，只是其中一个人不再在乎了。

不要在电话里吵架，一定要面对面，因为，也许当你看到她说某句话的表情时，你就不忍心发脾气了。在乎一个人，你会帮着她来说服自己。即便明明是对方的问题，还是极力说服着自己去理解、去原谅。这不是智商变低了，而是太害怕失去。这或许就是友情最可爱的地方。

“友谊是什么？”

“你犯傻多年，我却不离不弃。”

天气

日期

心情

有你的日子，总是甜而不腻

两个人在一起，合拍不合拍很重要。所谓的门当户对不一定是指物质上的，而是指两个人有着相似的成长经历，相似的人生观和价值观，能为了相似的目标而并肩同行。说话总是要解释半天，或者根本说不到一起去，多烦心，能聊得来真的太重要。

每遇到一处美景，每尝到一道美食，每听过一段笑话，都会想：要是你在就好了。如果知道你四点钟要来，我三点钟就开始快乐。对我而言，你是一个温暖如太阳的人，唯有你，能够为我晒掉所有的悲伤。有生之年，多希望一直在你身边，倾心相伴，安暖相陪。

两个人一起旅游，通常是一个人负责订来回车票、酒店、景点门票，计划好路线、行程衔接、整体开销，查看好天气情况、旅游攻略、网友好差评，想好怎么看、怎么玩、怎么吃，另一个人不带脑子。你习惯生活中有她，她习惯生活中有你。一旦失去了，就仿佛失去了所有。

幸福就是，就算没有男朋友，
还会有不着调的闺蜜说爱你。

喃喃细语

亲爱的，谢谢你对我的好，有你在，快乐就会变得很简单。

你要相信，世界上一定有你的真心朋友，无论你此刻正被光芒环绕、被掌声淹没，还是正孤独地走在寒冷的街道上被大雨淋湿；无论是飘着小雪的清晨，还是被热浪炙烤的黄昏，她一定会穿越汹涌的人群，坚定地走过他们，走向你。你要相信、要发现、要珍惜。

所谓真正的朋友，绝不是肆无忌惮地开玩笑、戳痛点、翻黑历史，而是彼此都默契地避开会伤害到对方的雷区。真正的朋友表面上看起来口无遮拦，其实内心都在温柔地、小心翼翼地保护着对方。你要相信，不管你曾经被生活伤害得有多深，总会有一个人的出现，让你原谅之前的生活对你的所有刁难。

哪怕我的世界一直乌云笼罩，也总会有一米阳光冲破阴霾，照进我的心房；哪怕我的世界万般寂寥，也总会有一份呵护不离左右，温暖我的生命；哪怕我的世界充满了诡谲多变，也总会有一盏明灯默默相随，坚定我的信念。和你一起成长的日子，总是无所畏惧，有你一起陪伴的日子，总是甜而不腻。

我们发状态、传照片，不是为了告诉谁，我吃什么了、做什么了、和谁在一起，更不是要嘚瑟给谁看。而是有一天自己真的老了，搬着凳子无事可做晒太阳的时候，能拿出自己的流水式日记看一看，回忆一下那年那月，和朋友在一起的点点滴滴，自己年轻时的容颜……证明这个世界我来过，而且活得真实而精彩。

我的手表已经调好了，

衬衫已经熨好了，

微笑刚好露出八颗牙齿，

就差一个你了。

I

miss

you

天气

日期

心情

我身边并不拥挤，你来了就是唯一

先别急着说喜欢我，如果你愿意，先来尝尝我的怪脾气、占有欲、自私、任性和口是心非，过后，若你还觉得我不错，那我的世界就只有你。亲爱的，你要明白，朋友不是先来的人，不是最先喜欢的人，也不是认识最久的人，而是那个来了以后，在心里再也没有走的人。

我的世界有点小，却是刚刚好。刚刚好，遇见最美好，比如遇见你。你对我而言是如此重要，别人碰你一下我都觉得是在抢。你是我最珍贵的人，如果我是个问号，那么你是个感叹号；如果我是问题，那么你就是我唯一的答案。

我只有碰到喜欢的人才会变成话痨，碰到不喜欢的人，我一句话也不想说。其实根本没有所谓的高冷，在我面前沉默寡言的人，在另一个人面前说不定会变成话痨，大多数人都可以在高冷和活泼之间随时切换，并且毫不费力，区别在于面对的人是谁。所谓高冷，是没敞开心扉的意思。

不要走在我后面，因为我可能不会引路；不要走在我前面，因为我可能不会跟随；请走在我的身边，做我的知心朋友。

喃喃细语

亲爱的，遇见你之后，我的世界变得简单无比：人分两类，是你和不是你；时间分两类，你在的时候和你不在的时候。

我知道，这世上有20% 的人，不论我怎样行动，他们都讨厌我；还有60% 的人，根据我的行动改变对我的态度，一会儿路人转粉，一会儿粉转黑；余下那20% 的人，不论我多么笨、多么马虎、犯了多大的错，都照样那么喜欢我。这世界就是如此运转的。这其实没什么关系，因为重要的不是什么人都喜欢我，而是我在乎的人喜欢我。

我写了成百上千条微博、朋友圈或日志，有些是写给专门的人看的。但往往这个人看不到、不会看，也不想看。直到有一天，一个不相关的人突然跟我说："你写的所有东西我都看完了，好心疼你呀！"原来，真正在乎我的人读的不是我的某条心情，她想读的，是我的整个人生。

能维系一段关系的，未必是时时陪在身边，而是呵护。我们孤单地来到这个世界，都是为了找到一个人，能对自己好。兜兜转转了很多年，除了亲人，你就是那个会无条件对我好的人。

渐渐地，我发现，不是所有人都适合让我去跟她分享成功的喜悦。有的埋怨我炫耀，有的妒忌，有的不屑，所以我们都慢慢变得谦虚起来。到最后，那些能让我毫无保留地分享骄傲心情的人，那些在我得意忘形时也不会反感且带着微笑的人，才是我最重要的人。亲爱的，我的身边并不拥挤，你来了，你就是唯一。

和你在一起的时候，我的手机一天只掉了7%的电。

天气

日期

心情

这辈子，
总有一个人让你想要温柔以待

所谓温柔，就是有个人全然地在乎你，却不是为了占有你，而你又真实地感受到这一点；所谓温柔，就是她给的关怀和体温一样，既不会烧起来，也不会让你觉得冷；所谓温柔，就是她洞悉你的一切，包容你的一切，就是她没有对你好的理由，但就是会对你好。

这世上最幸福的事就是，你说的话有人听，你表达的心思有人懂，你喜欢某个人，就和她彼此关怀了一生。愿你能因为某个人的出现让世界丰盈；愿你的生活如同贺卡上的烫金祝词一样欢脱；愿岁月温柔安好；愿你没有软肋，也不需要铠甲；愿你能和爱的人一起浪费人生，热泪盈眶，再和懂你的人在这世间潇洒行走。

总有那么一天，我会习惯你的直来直去，你也会猜透我的口是心非。总有那么一天，你会让我的欢笑和泪水都有意义，而我会把你当成生命中最重要的那个人。

每个人都有属于自己的深刻记忆，回忆起来，总会有那么一瞬间一辈子也忘不掉。愿你身边有一个一直陪着你的人，她话不多，却让你感觉非常美好。自此以后，每次久别重逢，你都想给她一个大大的拥抱。世界这么大，人生这么长，总会有这么一个人，让你想要温柔地对待。

在我胖的时候，喜欢我并且对我好的人，等我瘦了，一定会好好报答你。

喃喃细语

亲爱的，世界并不会单独对你温柔，上帝也不会对你特殊照顾，但我会。

真正知心的两个人，不会输给时间、距离，不会输给家庭、年龄，不会输给新朋友，更不会输给别人的流言蜚语或际遇的刻意刁难，只会输给不珍惜、不努力、不信任。你要记住，最亲的人，值得我们用全部努力去珍惜。

她或许不够漂亮，说话也不是那么中听，可你觉得她的笑容是最迷人的，她的陪伴是最温暖的。她结婚了，你要当伴娘，她有了孩子，你要当干妈；她批评你的时候，你总是虚心地听着；她给的建议，你也都牢牢记住并试着改变。

一生中荒唐可笑的事情有很多，比如走在街上发现自己穿反了外套，又好像嘴角沾了牙膏渍就迈进了教室，但是如果有一天，你发现那个和你一起天天吐槽、开怀大笑的好友却占据了你心里最重要的位置，你又该何去何从呢？如果可以，便携手到老；如果分开，便祝她安好。

有的人对你好，因为你对她好；
而有的人对你好，因为懂得你
的好。

第三辑

因为你，我愿意成为一个更好的人

你 笑 起 来 ， 真 像 好 天 气

我曾以为，只有自己足够努力，才能遇到一些更好的朋友，却发现，原来是因为遇见了你，我才得以变成了更好的自己。

优秀的人就像一团光芒，和她待久了，我就再也不想走回黑暗了。

天气

日期

心情

你还有我，便不孤独

你说起床就起床，说睡觉就睡觉，说减肥就减肥，说不玩手机就不玩手机……我觉得你就是世界上最厉害的人了。这个世界上值得热爱的人和事物太多了，比如你，比如冬天的太阳、夏天的汽水，等我发现这一点，我就不会畏惧长大，也不再害怕孤单，而是学会了对热爱的东西不遗余力。

清晨，我们出发，然后保持微笑；正午，我们在原地绕圈圈，并坚强地保持风度；黄昏，我们看到相同的风景及日落；夜晚，我们安慰自己，相信一天的努力没有白费。亲爱的闺蜜，我多么留恋这些无所事事的时光，因为有你，一切虚度都显得有意义。

什么时候开始，我们无法像个孩子一样肆意地大呼小叫了呢？心里的小情绪堆得像山一样高，直到溢出来，与其如此，不如永远像个孩子。愿我们成为这样的人：外表平静如水，内心坚定如山。就让我们一起努力，让曾经我们仰望的一切，都变成以后的日常。

曾经在某一瞬间，我们以为自己长大了。但有一天，我们终于发现，长大的含义除了欲望增多，还意味着勇气、责任、坚强，以及牺牲。

想让将来身边的朋友配得上自己挑剔的审美，那么你自己必须要先成为配得上这些人的人。

喃喃细语

亲爱的，终有一天你会知道：公交车五分钟一班，地铁七分钟一班，我们的相遇，一辈子只有这一次。

心理学家发现：一个人说的话若90%以上是废话，他就快乐；若废话不足50%，快乐感则不足。在交流中，没有太强目的性的语言，更容易让人亲近。所以，我们每天都在找“幸福”。幸福是什么呢？大概就是，找到了一个愿意听你说废话的人。

年轻的我们，容易把感动当成爱情，也容易把过客当成挚爱。所以他不爱你，也没有关系，你还有我。因为很多事情我们可以共同面对，所以即使生活有一千个理由让你哭，你也要找到一个理由让自己笑，因为你的快乐，不仅仅是你自己的事，也是我的事。

就这样，我们一步步把自己变得美好，眉目清爽、嘴角要笑、心要善良，做一个讨人喜欢的姑娘，无论发生什么都不要失望，不要丢掉希望。因为你我都相信并坚定地认为：这个世界没有想象中的坏，它呀，终将收起锋利的棱角，然后用温暖的光芒紧紧地拥抱我们。

如果黑夜永远不散多好，如果星辰永远不落多好，如果你可以一直陪着我站在这里多好。

天气

日期

心情

两个人一起努力，才不会想放弃

初识的时候，我们两个人努力找话题，以求将彼此联系在一起，熟悉了以后，我们努力创造机会，让彼此更亲密。再后来，我们慢慢地发现，一个眼神、一个微笑、一个表情都很轻松。任何事，两个人一起努力，才不会想放弃。

让人产生巨大动力的，往往是些细微的小事。被雨浇湿的肩膀，熨烫平整的衬衣，阳光打亮的微笑，凌晨六点的空气，身边人的一声叹息……生活就是这些小事，因为在乎，所以有了动力。感谢有你，让我相信，我所遭遇的一切，并不是在阻挡我的前进，而是要让我下更大的决心。

我们都在失去中得到一些，不断跌倒中成长一些，不管付出的代价是否你乐意，都向前走了一些。做的傻事别忘记，当成乐子下酒；走过的路自己知道，当成以后前进的梯子。总有一天我们要用自己的力量站稳，用自己的方式去保护你想保护的人，这是我们约好的，你可别输了。

去找一个温暖如太阳的人，为你晒掉所有不值一提的悲伤。

喃喃细语

> 亲爱的，每当我仰望星空，我想知道，你正从世界的某个地方朝我走，像光那样，从一颗星到达另外一颗星。

只要想到你，心就会坚强起来，因为一直注视着你，所以我可以不停地向前奔跑。大概喜欢你真的是一件连我自己都觉得莫名其妙的事，你给了我一种神奇的力量，感谢有你，让我知道，原来我也可以这般强大。

生命中的任何感动都是岁月的馈赠，是你以赤子之情善待了这个世界，这个世界回报给你的最珍贵的礼物；是你以仁爱之心善待了他人，他人回报给你的最真实的温暖。谢谢困难，让我遇见了更好的自己。

两个知心的人在一起玩耍，还要在乎什么面子？即使是你错了，我来认，我也没觉得少了什么。让着你又有什么呢？只要你开心，做这点不算什么。

真正的关怀，是牺牲了自己某一部分，比如时间、精力来成全你，让你变得更好。所以，不能只和一心想感动你的人做朋友，而要找一个能让你变得更好的人做闺蜜。你要记住，真正的关怀不是感动，而是成全。愿你不再脆弱到不堪一击，愿你能强大到不怕冷落，愿你眼中总有光芒，活成自己想要的模样。

愿你，
都能在不懂事的年纪里，
遇到一个美好如太阳的人。

天气

日期

心情

你是我治愈心病的良药，因为想到你时都会笑

把我最光辉、最耀眼的成就和你分享，你也绝不会有半点嫉妒；把我最惨淡、最落魄的光景向你倾诉，你的眼底全是泪花。你是我治愈心病的良药，每次一想到你，我发现自己都不自觉地在微笑。

你是我最在乎的人，我是你最在乎的人。我们常常一起展望，展望以后的日子要怎么过，常常一起诉说，说这青春的疑惑，常常一起期盼，希望拥有什么样的生活……我的悲伤、快乐、幸福，也是你的悲伤、快乐、幸福。感谢你，让我找回了我自己。

也许世界上有千千万万朵和你一模一样的花，但只有你，是我独一无二的那一朵。我们活在这个世界上，每一年、每一天、每一个小时都在成长，我们不知道下一秒会发生什么，但每次想到你带给我的变化，我就充满感激。你是温暖阳光，也是晴朗天空，你是虹，你是梦，你是我吹过最感动的风，是深陷我心里的乐土。

你需要的，是一个连你的废话都会回复的人。

喃喃细语

亲爱的，是你让我明白，挚友不是锦上添花，而是雪中送炭。

我哭，是因为你是我亲近的人；我笑，是因为你是我在乎的人；我任性，那是因为你是我爱的人。烦恼时，安慰我的总是你；难过时，陪伴我的总是你；骄傲时，敲打我的总是你，而我，从不担心有一天会失去你。

如果朋友身上有某些话题一直不让碰，每次聊天都要像遇见雷区一样刻意绕开迂回跳过，最终我会选择放弃这个朋友。不是对方不好，而是不想让自己过得太累。朋友就是用来互相挑毛病，以毒攻毒用的，如果一味看脸色互飙演技，“朋友”这两个字应该也只是表面上的吧！

你没见过我在洗澡时，因为你发消息给我，我擦擦手秒回你信息的样子；没见过我在很困的时候，硬撑着和你说晚安的样子；没见过我因为你一句关心而感动的样子，没见过我一想到你就笑起来的样子……你没见过，所以你不知道，你对我有多重要。

认识你越久，越觉得你是我人生行路中一处清澈的水泽。几次别离，几次颠簸，总能在山穷水尽的时候悄然遇见你。庆幸在这个不懂事的年纪遇见了你，把你当成生命中最重要的那个人，一如你对我一样。

你是我头顶上的星辰，是迷茫时的指引者，你是我身后的彩虹，是风雨过后的心情。

I miss you

当你强大了，

你才会遇到比你强大的；

当你变好了，

你才配得起更好的。

天气

日期

心情

因为你，
我愿意成为一个更好的人

我怀念我们刚开始的时候，准许对方进入彼此生命，一切都是未知，却有无限可能，像精心整理了房间，久违的客人敲了门。

是你让我相信，没有一场相遇本身强壮到能使我们不惧离别，但总有一场重逢等在前方值得我们为之努力。也是你让我意识到，当知道前面有你在等我时，我就会变得格外勇敢。

和一个人在一起，如果她给你的能量，是让你每天都能高兴地起床，每夜都能安心地入睡，做每一件事都充满了动力，对未来满怀期待……那你就没有看错人。你要记住，不论是友情，还是爱情，最合适的感情，永远都不是以爱的名义互相折磨，而是彼此陪伴，成为对方的阳光。

有人对你好，她可以一直让你有好吃的，有好玩的，她会纵容你，替你考虑好一切……但尊重这份关心的最好方式是你知道节制，而不是放任自己变成一个胖子，或变成一个懒人。她那么努力，成为一个在乎你，并让你在乎的人，那么，你也要努力，成为一个配得上这份在乎的人。

喃喃细语

亲爱的，因为你，我愿意成为一个更好的人，不想成为你的包袱，因此发奋努力，只是为了想要证明我足以与你相配。

其实活着还真是件美好的事，不在于风景多美多壮观，而是在于遇见了谁，被温暖了一下，然后希望有一天自己也成为一个小太阳，去温暖别人。最合适的两个人，不是在一开始就一拍即合，而是愿意在未来漫长的岁月里，为了彼此而变成更好的两个人。

很久以后我才明白，想让你记住我，并不是需要在告别的时候大声念三遍我的名字，而是我拼命向上，直到可以与你等高、比肩，让你一侧过头、一转过身的时候，就会知道我是谁，就会发现，我还有能力在你身边。

我永远不知道明天会发生什么，所以对于那些我重视的人，我一定会趁早告诉你“我很在乎你”。就算你无法拿相同的在乎来回应我，但至少，在你知道自己被在乎的那一刻是高兴而欢喜的。青春那么短，世界那么慌乱，我不想争吵，不想冷战，不愿和你有一秒遗憾。

我想成为一个温柔的人，因为曾被温柔的人那样对待，
深深了解那种被温柔相待的感觉。

天气

日期

心情

世界上最美好的事情，莫过于你在乎的人也在乎你

这世上最幸福的就是，你等的那个人也在等你，你关心的那个人也在关心你，你想的那个人也在想你，你爱的那个人也在爱你，你懂的那个人更懂你。她的一句话可以改变你一天的心情，她的一条短信可以左右你一天的情绪。一个人若是只为自己努力，毕竟太寂寞了。若是有一个你在乎的人在看，那才不枉此生。

有时候关系突然变差，真的不需要发生什么惊天动地的事，从来都只是细节里的感情，你渐渐不耐烦的语气，你越接越慢的电话，你越回越少的微信……它们慢慢积累，最后在某个你不在意的小小的细节里，感情分崩离析。

最满意自己的一个改变，就是带着情绪时绝对不和亲近的人说狠话。人常觉得对方情绪冲动时说的才是真话，其实大多数争吵都是情绪表达，并不是你内心的真实想法，可是会给对方带来不可逆的伤害。珍惜我们爱的人，就从管好我们暴怒时的嘴开始吧。相信我，弥补伤害的最好的方法，就是不伤害。

对在乎你、牵挂你的人好一点，别哪天一觉醒来，发现在数星星的时候，把月亮弄丢了。

喃喃细语

亲爱的，可不可以和我约定，相约每一个来生，都要相遇。

不要对爱你的人太过刻薄，一辈子真正对你好的人也没有几个，多少人在一切都将失去时才幡然醒悟：爱的宽厚，不能过度消耗。每个人都有脾气，为你忍下所有的怒气，仅仅因为那个人比你更心疼你。

我们都像小孩，胡闹，是因为依赖；礼貌，是因为陌生；主动，是因为在乎；而不联系，可能是因为觉得自己多余。最怕面对的，是我在乎的你说话突然变了口气，突然消失不见，突然不想联系，突然你有了另一个更好的朋友，这种感觉就像是全世界都不要我了，这样的感觉简直糟糕透了。

友情里面最折磨人的，不是争吵或冷战，而是明明在乎，偏要装出不在乎。“在乎”这种情绪，总和自尊捆绑在一起。有的人习惯了扮演一种不屑一顾的冷艳，可你要明白，你的演技越好，也许离快乐就越远，离分别就越近。珍惜那些值得珍惜的人，在乎那些也在乎自己的人，这才是你最该做好的事。

最想要的，是能过这样一种生活：有情趣做饭，有心情看书，有时间旅行，而这一切，都有你陪伴。歌可以单曲循环，人却不能错过再现。是你让我明白，懂得善待才能相处得长久，懂得珍惜才配拥有。

也许你永远不知道在你发了个『嗯』或者『哦』之后还能继续回复你的人是有多在乎你。

天气

日期

心情

你带我离开一场爱的风雪，我陪你逃出一次梦的断裂

夕阳弥漫在高中教室里，美的不是温暖的夕阳，而是从我的视角看过去的，你曾经的桌椅；玻璃窗外狂走着沙石，美的不是疾卷的风，而是从我的视角看过去，你曾经站立的位置；铁丝网分割这被白雪覆盖的操场，美的不是纯洁的白雪，而是，我曾站在那里，一转头，就看见了你。

我和你之间的默契是什么呢？最初时，默契是一场交谈，说出来就懂了；后来，默契是一个眼神，看到了就明了；如今，默契是一种信念，想到了就心安。我能够和你成为绝佳的朋友，从来都不是天然的力量形成的，而是靠打磨，两个人相互改变。虽然失去了一些自我，却可以赢得最大限度的默契。

亲爱的，别为不好的恋情难过了，这个不对的人没有你想象的那么喜欢你，所以他才舍得暧昧，才忘了心疼你。也正因为他不那么喜欢你，所以你做得再多也无法令他感动。亲爱的，一次失败不算什么，一次错误的选择也不算什么错误，你要相信，在这个世界上，总是有人在关心着你，希望你快乐。

为值得的人赴汤蹈火，

对闲杂人等别在乎太多。

如此，

你的善良才显矜贵。

I miss you

喃喃细语

亲爱的，我想我能够明白，为什么时间过去了，你还没有过去。

总有一天，会有一个人，看你发过的所有状态，读完你写的所有微博，看你从小到大的所有照片，甚至去别的地方寻找关于你的信息，试着听你听的歌，走你走过的地方，看你喜欢看的书，品尝你总是大呼好吃的东西……他只是想弥补上，你的青春——他迟到的时光。亲爱的，让我陪你一起，等那个恰到好处的人。

如果有人能够理解你，那么即便与你待在房间里，也会如同在通往世界的道路上旅行。懂你的人，会用你所需要的方式去爱你；不懂你的人，会用他所需要的方式去爱你。不管爱情，还是友情，终极目的不是归宿，而是理解、是默契。如果不是你，我不会相信，朋友比情人更默契、贴心。

你带我离开一场爱的风雪，我陪你逃离一次梦的断裂。我失败的时候，所有的心酸都可以对你笑着说出来；你失恋的时候，失魂落魄也可以在我面前重整旗鼓。你告诉我，想成为更好的自己，就去见识更大的世界；我告诉你，不要别人施舍的感情，因为你很好……是我们教会了彼此：内心的强大，永远胜过外表的浮华。

真正的闺蜜，是心灵与心灵的相知，它不需要太多的语言来粉饰；真正的闺蜜，会毫不计较地为彼此付出，唯一的期盼只是对方可以变得更好；真正的闺蜜，会处处时时牵挂着对方，给对方以关怀和体贴；真正的闺蜜，一个动作、一个眼神，都能让对方心领神会，那份相知的默契，胜却一切物质带来的愉悦。

最好的朋友，就是那个在天最黑的时候，陪你等天明的人。

天气

日期

心情

就算你再也飞不动，
我依然会是载你的风

在一切变好之前，我们总要经历一些不开心的日子，不要因为一点瑕疵而放弃一段坚持，即使你没看到前面有人为你鼓掌，也要优雅地谢幕，感谢自己认真的付出。请你记住，在你身后，一直有我。

真正的好朋友，互损不会翻脸，疏远不会猜疑，出钱不会计较，地位不分高低，成功无需巴结，失败不会离去。奋斗的时候搭把手，迷茫的时候拉一把，开心的时候干一杯，难过的时候抱一下。让我们继续与风和月同行，带上阳光，带上彼此的关怀，去寻找属于明天的那片晴朗。

从我遇见你的那一天起，我就在心里恳求你，如果青春是一条单行道，就请你从此走在我的前面，让我时时可以看到你；如果青春是一条双行道，就请你让我牵着你的手，穿行在茫茫人海里，永远不会走丢。

亲爱的，青涩年华我们见证了彼此的成长，懵懂岁月我们伴着彼此笑和哭，一路走来，我们从陌生到熟悉，有争吵，也有鼓励。多希望可以一直这样，直到我们白发苍苍，我们还能继续做彼此的拐杖，你依着我、我靠着你，看看夕阳、聊聊过往，互相搀扶着，从清晨，到日暮。

遇见一个人，然后生命全都改变，原来不是只有恋爱才有的情节。

喃喃细语

亲爱的，当你在我身边的时候，那些我一直觉得惴惴不安，又充满好奇的未来，会在心里隐隐约约地觉得它们是明亮的。

不要逼自己什么事情都要做对，因为有时候犯错可以让我们变得更好。亲爱的，不如就承认一下，你没有那样坚强，也不想那样刀枪不入，我知道，你只是想被温暖地抱一下。所以，收起你佯装的坚硬和固执吧，我会一直陪你。

从懵懂走向透彻，是需要走一些弯路、受一些伤的。不要因为畏惧而躲避，因为有些人与事，只有你经历了，你才能品尝到感动和失望；有些弯路，非要绕过去了，才能明白对与错、得与失。所以，不要总是去变成别人喜欢的样子，我们不是满汉全席，满足不了别人的各种口味。

成长的路上总会有很多不如意，让我忍不住想哭；总有一些曲折，需要我亲自去经历；总有一些事，需要我亲手去做……但无论平坦，还是坎坷；也不论顺利，还是棘手，一想到有你陪伴，我就会走得很踏实，做得很快乐。

我们一起成为有深度的姑娘，有脾气的『女流氓』，有教养的淑女。

第四辑

我相信有一种感情，一辈子都不会输给时间

你笑起来，真像好天气

起起落落的际遇中，将来再相逢时的一句“别来无恙”，远胜过一万句“我爱你”。

左思右想，跟命运所做的全部交易中，遇见你，这一单最划算。

天气

日期

心情

表面相互嫌弃，心里不离不弃

两个人之间最好的感觉就是，表面相互嫌弃、心中不离不弃。我们都才华横溢、桀骜不驯、武功盖世，所以我们彼此爱之入骨，又由于我们都刚愎自用、顽固不化、唯我独尊，所以我们又对彼此恨之入骨。由于这种爱之入骨又恨之入骨的悖论，所以，我们今天爱得脑肝涂地，明天又恨得鸡飞蛋打。

还是挺庆幸有一群神经病朋友的，虽然很多时候很闹，你听不见我说的，我听不懂你说的，你说我腿粗，我说你脖子短……大多数时候都没正经样子，不聊理想，只聊假如中了五百万该怎么分……我们互相嫌弃，我们互相羞辱，但内心深处，情比金坚。

好的友情，是势均力敌。你吃我一套，我也吃你一套。朋友不是玻璃做的，许多人把朋友当作玻璃，处处小心翼翼，害怕冲突，害怕失去。可如果朋友真的像玻璃那么易碎，这样的朋友破了就破了吧！

长久的友谊是靠彼此间的嫌弃来维系的。

喃喃细语

亲爱的，无论吵闹多少次，说多少伤人的话，最后还是会因为舍不得对方而和好如初，这种感觉真好。

你肯定会遇见这么一个人，当她有事很久没回复你的时候，你下定决心不再和她说什么，甚至不再理会她。但是，当她回复你的时候，你就立刻变得怒气全消，心里的所有埋怨统统消失，然后开开心心地跟她继续聊着天。原来，最好的闺蜜，是她可以尽情地欺负你，而你却依然爱她爱到死。

我想要的不多：一个平平淡淡陪我走到青春散场的朋友，几个疯疯癫癫陪我犯傻犯二到永远的小伙伴。所以，我宁愿你是那个每天说着嫌弃我的话，然后待在我身边一辈子的人，也不要你每天夸我、却不知哪天会头也不回地转身离开。

每个人身边，都有这么一个人：她不嫌弃你的坏脾气，不嫌弃你的坏习惯，不在乎你的家境如何，而是始终站在你身边。她让你明白，就算你脾气好了，习惯好了，变瘦变好看了，不喜欢你的人还是不喜欢你。即使你再胖，再难看，再怎么不好，喜欢你的人永远不会嫌弃你。

请记住，永远不要因为新鲜感，扔掉一直陪伴你的人。两个人活着有各自的姿态，有的缘分让彼此遇见，有的让彼此依偎，但不应该是依附。因为爱，就是陪伴。你要记住，永远不要以爱的名义去捆绑一个人，无论爱情、友情、亲情。

对对对，就是这种眼神，我就是喜欢你看不惯我，又干不掉我的样子。

天气

日期

心情

我相信有一种感情，一辈子都不会输给时间

三样东西最考验闺蜜的感情：距离、时间、男朋友。有多少闺蜜，因为距离的遥远，感情慢慢变淡；有多少闺蜜，因为时间的流转，彼此慢慢遗忘；有多少闺蜜，因为其中一个有了恋人，另一个就慢慢消失了。在以后的整个生命里，你会发现，可以一直那么好的朋友，一辈子只有那么几个。

睡不着就给我打电话吧，难过了喊我一起出去陪你疯吧，伤心了找我诉苦吧，你喜欢谁告诉我，我来帮你追吧……若是无聊了，我带你去找快乐；不想吃饭了，我陪你一起吃零食；想那个人了，我和你一起去找他；害怕了？没事，我在呢！爱情可能随着季节的变迁而消退，但友情会为你我全年守候。

她让你相信，每一个用心去在乎的人，都会得到命运最温柔的眷顾。也正是因为她，你才可以如此快乐，因为你可以肯定，无论风雨天晴，总会有一个人正努力地走向你、支持你。好的关系，战得胜时间，抵得住流年，经得起离别。

我经常损你，是因为我相信
我们的关系，不会败给时间。

喃喃细语

亲爱的，等到我们都老了，希望可以在一起想我们更老一点的样子，然后“嘿嘿”地笑。

我可以不要男朋友，但一定要你这个女朋友。真希望多年后的夜晚，我在厨房洗完餐具，你在客厅里挑选碟片；我拌好一盆水果沙拉，你选好一部老旧电影……然后，我们懒散地靠在沙发背上看电影，说没有话题的话。再过十年、二十年，我们还是好朋友。

每个人心中都住着这么一个人，不在爱情的位置，却足以让你永远铭记她。她比恋人饱满，比普通朋友扎实，像是灵魂的羁绊，足有一辈子那么长久。当你蒙蔽了所有人的眼睛，她却能看穿你真实的样子和心底的痛楚；当你对所有人都抱有戒备的时候，她却能让你全然地信任。

如果你们像小夫妻那样吵吵闹闹，像知己那样谈心，像初恋那样打情骂俏，像兄妹那样保护对方，那你们便是命中注定要在一起。世界那么大，能交到一个真心朋友，要攒多少缘分才行？所以不要轻易放弃对方。

你是否也曾这样，心里很想和某个人聊天，却希望她先来找你，于是你就呆呆地看着她的头像一遍又一遍。愿多年以后，每个人都心存善意，各自向前。愿日后相见，不是沉默着无从谈起，而是忽然就泪流满面。

实话告诉你吧，就凭咱俩的交情，我就敢在你的生命里猖狂一辈子。

I miss you

多少个日子，

我无时无刻不在牵挂你，

多少页日记，

我一笔一画都是关于你。

天气

日期

心情

为你担心的夜里，日出总是格外忧伤

给他的关心，他只是轻轻一声“哦”；生他的气，他却丝毫感觉不到；与他分享时，他心不在焉……亲爱的，与其身处在这种没有回应的感情中，不如把话说开来，是走是留都彻底些。我不愿意看你为爱情受磨难，也不愿意看到你受他的委屈。

你消失了，他也不知道你的存在；你落泪了，他也看不到你的伤悲；你放弃了，他也看不到你的付出；你沉默了，他也听不到你的心声。亲爱的，你为这么一个人倾尽一切，却比不过别人什么都不做。我真不愿意就这么看你念着伤痛不肯向前、满腹牢骚不会笑的样子，那很不可爱。

我看得出来，你有时候会突然变得脆弱，突然地就不快乐，突然地被回忆里的某个细节揪住，突然地陷入深深的沉默，不想说话。他劝你别喝酒，像是关心你，却不知道，你喝酒的原因是他；他劝你别熬夜，像是关心你，却不知道，他就是迫使你熬夜的“主谋”。我担心你不快乐，我担心你的沉默，我担心它们像一面坚固的城墙难以摧毁。

喃喃细语

亲爱的，如果有一天，我突然疏远了你，不要怀疑我们之间怎么了，你没有错，我只是突然犯病了，过一阵子就好。

时间是毒药，也是解药。因为时间，你可以无可救药地爱上一个人，同样的，失恋以后谁都没有过不去的坎，终究还是时间问题。所以亲爱的，你还担心什么？至少我还在你身边。至于那些没法释怀、不能解决的沮丧问题，统统交给时间吧，它们终究会在时间的洪流里消失。

亲爱的，关于你和那个他，如果只是友情的话，能好好做朋友就好好做朋友吧，不要太贪心了。毕竟爱情这种事太极端，要么一生，要么陌生。你为这份感情担心得太多了，多到让我担心你。你看你都瘦了，头发也变长了，背影陌生到让我觉得，见你就像是上个世纪的事。

不得不承认我是个很天真的人，谈了恋爱就想过一辈子，交个朋友就想往来一生，尽管有时候故作姿态说着一切顺其自然，可心里不愿意让任何美好的事情发生变故，对于我这个在感情上没有远见的人来说，最大的期盼，大概就是希望所有的感情都能真挚且长久。

在还不曾遇见爱情的年纪里，我对于友情的苛求，何尝不是浓烈的？我会妒忌，也会觉得甜蜜；会吵架，也会疏远；会一言不发地生闷气，又会恋恋不舍地再次靠近你，如同恋爱的人……如果友情也是一种爱，我们就是这样深深地爱着彼此，一路艰难相扶，走过那又傻气又甜蜜，却足够一生来回忆的几年。

喂，你不会还在等那个人吧?

是等着被爱，还是等着死心?

天气

日期

心情

全世界就只有一个你，叫我怎能不珍惜

不是所有的人都能知道时光的好意，不是所有的人都懂得珍惜；这世间并没有分离与衰老的命运，只有肯在乎与不肯在乎的心。你要明白，能看穿你三方面的人是值得信任和珍惜的：她知道你笑容背后的悲伤，懂你怒火里掩藏的善意，明白你沉默之下的原因。

对你最好的那个人，往往也是你最好欺负的人。世人总是这样，总是喜欢欺负对她最好的那个人。如果有个人愿意被你欺负，愿意哄你开心，请你一定要好好对待她。她监督你过顺境，支撑你过逆境，这样的人，人生能有一两个，足矣。

一个知己就像一面镜子，反映出我们天性中最优美的部分。在寒冷的日子里，有那么一个人能够给予长久的温暖是我们难得的好运气。有时候，一句知心的话语，一个默契的眼神，也足以让人置身天堂，温暖如春。

不喜欢你的人，看你全是缺点；喜欢你的人，连缺点都看成优点。想让自己变得更好吗？不需要辛苦地改变自己，只要去找个喜欢你的人就可以。不用减肥，不要节俭，不要扮温柔。我们不需要取悦全世界，只要在在乎的那个人眼里很美好就够了。

身边的朋友越爱犯傻，你应该越拿出真心去对待，因为越『二』的人，对你越没有心计。

喃喃细语

亲爱的，你从未嫌弃我幼稚，因为你知道，我只对不熟的人才动脑筋。

我们常常不去想自己拥有的东西，却对得不到的东西念念不忘。对自己爱的人，我们往往过于冲动，爱撂狠话，还口是心非。可实际上，在做出这些举动以后，我们心里的难受也只有自己清楚。事实证明，这种嘴巴毒、心肠软的人真不占优势，委屈着自己，还伤害了别人。

交朋友最好是交跟自己风格相搭的，疯的也好，正经的也好，都没问题。性格相符的人，说一句话、做一件事，那种默契度和舒适感是别人给不了的；而跟自己不搭调的人，仿佛永远都是鸡同鸭讲，无趣之极，最后郁闷到想揍他。

对你不好的人，不要太介意，没有人有义务要对你好；同样，你对别人好，并不代表别人也要这样待你。爱你的人，你可用更爱回报他；不爱你的人，永远不要为他去浪费一分一秒。你若想用爱去感动一个不爱你的人，最后只能使自己更痛苦。所以，对你好的人，请珍惜；没有结局的关系，也不必去勉强。

青春是精彩的，别烦；朋友是永远的，
别忘。

天气

日期

心情

你是我生命中的精灵，你知道我所有的心情

我喜欢你告诉我不曾告诉别人的心情，我喜欢你带我做和别人不曾做过的事情，我喜欢你偶尔像个孩子一样依赖我的样子，我喜欢你对我毫不见外、倾囊相待的信任，我喜欢你只对我才有的表情，我喜欢你把我的名字写进你为数不多的日记里，那样我就知道，在你的世界里，我和别人不一样，而我喜欢这种不一样。

每个人都很孤独。在我们的一生中，遇到爱情或是中了彩票都不稀罕，稀罕的是遇到了解你的人。友情的微妙之处就在于，有一个人肯从我的过去追溯，直至了解我的现在，我相信，她在此后的未来都不会消退对我的关怀。

珍惜身边那个任性、撒娇、唠叨、爱哭的她吧，她信任你才会任性，喜欢你才会撒娇，关心你才会唠叨，心疼你才会落泪……你要明白，每个姑娘都有冷静、矜持的一面，只有她不在乎你，和你有了隔阂、有了陌生感的时候，才会被你看到。

你了解我所有得意的东西，

才常常泼我冷水怕我忘形；

你知道我所有丢脸的事情，

却为了我的美好形象保密。

喃喃细语

亲爱的，谢谢你，看透了我所有的缺点，还愿意陪在我身边。最好的感觉，就是你懂我的欲言又止。

有些人，因为新鲜感而爱你；而有些人，是因为看懂了你的灵魂。前者会在热情消退后离开，而后者可以陪你一辈子。有时候，正是因为她知道你的一些糗事，知道你的一些缺点和过错，你才会对她敞开心扉，把整个青春都与她共度。我想，人总要留一些把柄在在乎的人手里，才会被念念不忘吧。

要见多少次面，才能了解一个人；要经历多少动荡，才能看清一个人。世界上有那么多人相遇了又别离，有那么多人一路平坦地前行，再无交集。而我，却如此幸运地遇见了你，并且被你了解和珍惜。是你让我明白，喜欢我的人和厌倦我的人，就像潮水一样，涨了又退，只有了解我的人一直留在我身边。

在不了解的状况下认识了一个人，在了解之后却发现，那个人真实的一面比你想象的还要美好，这应该算得上幸运。所谓认识，就是她知道你的姓氏、爱好，知道你喜欢什么、讨厌什么。而所谓了解，就是她知道你心灵最深处的痛楚，并且还知道痛在哪里、因为什么。

人和人刚相识的时候，总是习惯把最好的一面呈现给对方，相处时间久了，各种缺点就渐渐暴露出来了。有一天你不用装，不那么累，该做什么做什么，而对方把你看得透透的，却依然不嫌弃你，那就是真朋友了。

左眼没有见过右眼一面，
不懂安慰，只懂陪它落泪。

天气 ____________

日期 ____________

心情 ____________

从未让你骄傲，你待我却如获至宝

最好的朋友，是平时互相调侃，嘴最狠的那个；是在你需要的时候，心最软的那个。哪怕你从未让她骄傲过，可她依旧待你，如获至宝。世界那么大，遇见一个这样称心的朋友不容易。

比起并肩、牵手，我最喜欢的还是拥抱。当我用双臂紧紧把你抱在怀里时，没什么比这更能让我体会到什么叫作拥有了。当你或者我失落、当你或者我伤心、当你或者我落泪，我们都会静静地走到对方身边，然后给对方一个拥抱，毫不犹豫。

你要记得那些大雨中为你撑伞的人、帮你挡住外来之物的人、黑暗中默默陪伴你的人、逗你笑陪你哭的人、和你彻夜聊天的人、坐车看望你的人，以及那些与你看遍风景、带着你四处游荡的人。他们不可多得，也无需多得。能让你在迷茫时仰望星空想念的人，三五个已足够。

越是没有安全感的人，越想要证明自己的重要性。明明是依赖，却要表现出无足轻重的样子；明明是在意，却要表现出毫不在乎的样子。亲爱的，你要明白，这个世界喧嚣拥挤，但寂寞却总类似，所以，能拥抱的就要紧紧拥抱，能守护的就别轻易错过。

我一直羡慕我的闺蜜，因为她有一个世界上最好的闺蜜。

喃喃细语

有时候，一个无声的拥抱对一颗不快乐的心来说就是千言万语了。

我不需要多么完美的梦中情人，我只想要一个不会放弃我的知心朋友。我对她信任的深浅，不是看我会不会对她笑，而是看我愿不愿意当着她的面哭。我对她的信任，就如同一个一岁小孩的感觉，当他被扔向天空的时候，他会笑，因为他知道他会被接住。

不喜欢和那些“博爱”的大好人做朋友，因为围绕在她身边的人太多，所以我总感觉，不管我怎么对这个人掏心掏肺的好，这些“博爱”的大好人都不会有太大的反应。因此，我反而更喜欢和那些不善交际，所以常被人冷落的人好，至少我所付出的每一句关心和每一个拥抱，都能找到一个属于它们的归宿。

有没有一双手，握住了就可以不放开？有没有一个肩膀，可以依靠一辈子都有安全感？有没有一场拥抱，紧紧地让两个人再也不离别？有没有一种约定，相约每一个来生都要和你相遇？当你需要倾诉，当你需要一个温暖的拥抱，请记得，我一直都在这里。

当你成功了，她知道你是谁；当你失败了，你知道她是谁。

天气 ______

日期 ______

心情 ______

我们可以无话不说，也可以两两沉默

和你在一起最舒服的感觉就是，既可以无话不说，也可以不说话。无话不说的时候，什么秘密都可以与你分享；而不说话的时候，也不觉得尴尬。在一起有说不完的话，我们都抢着说；等说完了，说累了，就安静地待在一起。原来，亲昵而默契的静默才是世界上最让人愉悦的东西。

有些人不能在一起，可他们的心在一起；有些人表面在一起，但心却无法在一起；有些人从没想过在一起，却自然而然地在一起；有些人千辛万苦终于在一起，却发现其实他们并不适合在一起。我和你，就是属于有没有腻在一起，都不影响关系的那种类型。

当有一天，我跟你足够契合，我们就可以一整天没有电脑、没有手机，可以吃着好吃的，听着音乐，聊着天南地北的话题，甚至于静静地坐一整天，也觉得很自然。你看，若有若无的联系，是一份随意；或深或浅的交集，是一份默契；可肆意畅谈，也可默然相对；可紧密相连，也可疏于不见。

世间没有什么声音比沉默更洪亮了，如果一个人能读懂你的沉默，那她绝不会误解你的语言。

喃喃细语

亲爱的，当我可以跟你不说话，可以和你分享寂静，且不会觉得尴尬的时候，我就明白，我遇到了最好的朋友。

我容易被感动，也容易满足。也许别人不经意地对我的好，我也会一直记得。我不坚强，也不爱防备，我唯一能给别人的，就是绝对的信任。所以，不是真心的人，就不要随意插足我的生活。

真正的友情根本不需要讨好，也用不了多久来排查。两个人的默契慢慢将两颗心的距离缩短，在无意中渐渐靠近彼此，在同一频率下，奏出最和谐、最动听的乐章。我们互相拆台，也互相帮助；互相打搅，也互相安抚。

朋友就算再好，总会有一段时间互不理睬、互不关心。不是因为厌烦了，那是因为认识了新朋友，所以喜新厌旧了吗？也不是。真正的朋友是当一段冷漠的时间过去后，还是依然在你的身边关心你和你一起打闹、一起吵架，许久不见后再相聚也不会尴尬，像往日一样，一起吃饭时还是有说不完的话题、讲不完的心事。

有时候，我需要的只是一双睿智的眼睛能够看穿我，一颗温暖的心能明白了解我。那双眼眸能够穿透我的灵魂，直抵我心灵深处那个真实的自己，那颗温暖的心能消除我所有的迷惑。

那些你一笑
就跟着你傻笑的人，
不是真傻，
就是真喜欢你。

离开的人越来越多，留下的人越来越重要

在两个人的感情世界中，一锤定音的，不是心有灵犀的睿智，不是旗鼓相当的欣赏，更不是死心塌地的守护。

是在乎，是心疼，是怜惜，是即便处在两难境地里也会有的那一点点无可奈何的舍不得。

天气

日期

心情

如今最好，别说来日方长

一辈子的友情，不是一次轰轰烈烈的经历，也不是什么承诺和誓言，而是当所有人都离弃你的时候，只有它在默默陪伴着你。当所有人都在赞赏你的时候，只有她牵着你的手，嘴角上扬，仿佛骄傲地说“我早知道”。不要因真心朋友的沉默和不解风情而郁闷，因为时间会告诉你，越是平凡的陪伴，就越长久。

我们是如此地担心着未来会发生的事情，比如分别，比如决裂，以至于我们忘记了好好地享受现在。其实，我们害怕发生的事情，根本不用担心，因为该发生的，它一定会如期而至，也一定会如期离去。所以，我们要抓住每时每刻的快乐，因为也许下一刻，这种快乐就会变得很难得。

总有那么一个人，才遇见一下子，就好像认识了很久似的，什么事都想和她说；总有这么一个人，一想起她来，就仿佛阳光突然明媚了起来，就会笑。

每一段时光，只要你愿意把它放在心上，它就能够天长地久。

喃喃细语

亲爱的，无论我们将来会生疏到什么样子，你都要记住，曾经和现在，所有我对你的好，都是真的。

人们总是习惯于在遗憾中领悟些什么。不是吗？你从分离的思念中领略相聚的幸福，你从被背叛的痛苦中领略忠诚的难能可贵，再从分离的悲伤中领略陪伴的深情……可是这些领悟更像是在指责你不懂珍惜。是的，所有你不珍惜的今天，都会过期，当年陪在你身边的人，也早已选择了中途退票离席。

如今最好，别说来日方长。青春如同一匹脱缰的野马，奔腾而去，多少人能有勇气来一场说走就走的旅行，谈一场不顾一切的爱情，守住一份不离不弃的友情。其实，青春里最好的状态就是珍惜青春里的每一天，遇到的每一个人。

真正对你好的人，一辈子不会遇到几个，有人为你点亮这个世界的灯，有人拨开你心里的尘。但人与人之间，多一分的距离，就容易变成失去联系的荒唐，我们内心越独立，重要的人就越少，你不确定什么时候会失去她们，唯一能做的，就是对那些还留在你身边的人更好，共享人生的平淡与热闹。

我们一生里有可能遇到很多人，有时正好同路，就会在一起走一段，直到我们遇到了真正想要陪伴一生的那个人，才会把余下的旅途全部交给这个人，结伴一起到终点。不要轻易放弃一个每天都会想念的人。这样的人，一辈子也不会遇到几个。

珍惜今天，珍惜现在，谁知道明天和意外，哪一个会先来。

天气

日期

心情

就算全世界都离开你，也有一个我来陪

我没多少清晰的记忆，恰好每个片段都有你。时光像琥珀一样凝结在一起，光阴分不出前后顺序。还好有你在，陪我一起贪玩、一起勇敢，跌倒了再爬起来；还好有你在，就算唱破了音，你的掌声依然没停下来；还好有你在，就算整个世界和我作战，你也不怕艰难。

为你，千千万万遍，遍体鳞伤还是会义无反顾，也许这就是人生，人生不是只做值得的事情。就算全世界离开你，也有一个我来陪。你看其他星星都换了方位，北极星依然会在原地，就像我对你，从未叛逃。

有时候，我们要学会说“谢谢”。谢谢她，一路不离不弃；谢谢她，总是磨炼你的勇气和脾气；还要谢谢上天，让你在穷途末路时遇到了她。她给了你别人给不了的信任、鼓舞和安全感。这份安全感，是尘埃落定的安稳，是不离不弃的笃信。

不安稳的感情，有时候好像毛衣，织的时候一针一线，小心谨慎，拆的时候只要轻轻一拉，也许只是一句玩笑话，也许是无意间的一个小误会，所有的情感再也不见。其实，好朋友不在于多，而贵在风雨同行；真感情不在于陪伴了多久，而贵在能不能做到有求必应。

希望每个人，都能找到那个愿为你挡住世界的人。

喃喃细语

亲爱的，如果不是你，我不会相信，朋友比恋人还死心塌地。

你在我跌落谷底的时候，安慰我、鼓励我；在我尴尬难堪的时候，给我台阶下；我拿你开玩笑、或者把你当出气筒的时候，你从未记过仇……虽然我有很多缺点，但你都没介意过，并且在我落魄的时候，你依旧会陪着我……相比于爱情，我更珍惜这来之不易的友情。

亲爱的，原谅我渐渐少去的问候。有一种感情，不再浓烈，却一直存在。我们不能时时在身边，好像电话短信也没有那么勤了；我们不能第一时间分享彼此的快乐与不快乐，好像变得冷漠了。可是如果有一天，我们再遇见，亲爱的，请你相信，当初的一切，都不会变。

人这一生总会拥有这么一个人，她不是恋人，却比恋人重要。她的一分关心超过了恋人十分的甜言蜜语，她的一分坦诚胜过了恋人十分的信誓旦旦，再加一分在意，便让你如同拥有了全世界。这叫偏爱。因为偏爱，所以一意孤行。没有理由，只因你灵魂缺失的一角，只有她能补全。

我愿意给你闭上眼睛、捂起耳朵的信任，就算全世界都说你有错，只要你否认，我就相信。

I
miss
you

不管朋友还是恋人，

当我说“算了”的时候，

其实是包含了我太多的失望。

天气

日期

心情

你不珍惜的那个人，上天一定会为她安排更好的人

不要让在乎你的人撕心裂肺地为你哭那么一次，因为你能把她伤害成那个样子的机会，可能只有一次。这次以后，你或许就从不可或缺的人变成可有可无的人了。即使她还在你身边，可是总有一些东西真的改变了。请珍惜每一刻相处的时光，因为我们不知道哪一次再见，会变成再也不见。

越长大，对友情的要求就越高。谁也不喜欢孤独，没人愿意高傲地在岁月里发霉。只是，在见识了太多的虚情假意之后，有时候就太容易看破一些假的朋友，于是活得越来越清晰，却也因此失去了一些糊里糊涂的快乐。

或许，你在等一个人，一个可以把你的寂寞故事画上休止符的人；一个可以陪你听遍所有悲伤情歌，却不会让你想哭的人；一个你可以在她身上找出一百个缺点，却还是执意要留住她的人；一个会对你说，有坑一起跳、有苦一起尝、有一辈子就一起过的人。可惜的是，你遇见了这个人，又很快地失去了她。

喃喃细语

亲爱的，生命太短，没留时间给我们每日带着遗憾醒来。所以去爱那些对你好的人，忘掉那些不知珍惜你的人。

上天安排我们与某些人相遇，是有原因的。上天若又安排他们离开我们，那是因为有更好的原因。有些人离开就是离开了，渐渐地，生活会变得没有什么不同，仿佛那个人不是消失了，而是从未曾出现过。原来，有时候我们没有那么重要；原来，我们并非不可遗忘。

任何感情问题都不要冷处理，无论是和家人、恋人，还是朋友。你有疑惑的时候就要去询问，你有错误的时候就要去承认，你想她就要告诉她。很多事情忍着忍着就变得模糊了，明明不是误会也变成了误会。别以为那些问题会在忍耐的时间中被化解，它只会在日积月累中爆发，给你一个承受不了的结果。

我记得那时的你 ，我记得当时的心情，记得那个秋冬，脚下的叶子发出的断裂声格外清脆。我记得当时的情景，记得你看我的样子，记得街边烤红薯的诱人香气。如今，你还能不能记起当初的我们？其实我没想过要冷落你，只是我一时疏忽了，就好像夜晚的太阳也在放出光芒，只不过它是照射在地球的另一边。

两个人最初结识的时候，对方为自己做一件很小的事情，我们也会很感动；后来，她做了很多的事情，我们才会感动；再后来，她要付出更多更多，我们才肯感动。你看，不懂珍惜的人，多么像贪婪的动物？你要明白，你不珍惜的那个人，上天一定会为她安排更好的人来代替你。

你总是这么天真，每次都是有脾气地离开一个人，
却不知道如何巧妙地靠近一个人。

天气 ______

日期 ______

心情 ______

你的存在，对我很重要

随着长大，能够结交新的知心朋友的机会也就越来越少，因此，我分外珍惜从过去一直持续到如今的友谊。每当我与这样的你聚会过后，压抑和焦虑总能得到缓解。你的存在，让我觉得这世上总还有这些干干净净的感情是为我保留的，那么，只要你在，属于我的世界就不会崩塌，不会改变。

生活中，总有那么一个人，是你的想念，是你的温暖。她被你深埋于心底，只要想到，就觉得温暖踏实。你找不到忘记的理由，因为情不自禁；你找不到放弃的借口，因为刻骨铭心。她无法被代替，因为整个青春，都有她的痕迹。以至于某天你恍然醒悟，原来值得爱的没有别人，只有她。

别让那些真正对你好的人，慢慢地从生活里消失；我们要做的就是时常看到自己所拥有的东西，少把心思放在你失去的东西上。因为真正要紧的，并不是这个世界从你身上夺走了什么，而是你打算如何去对待你拥有的。

你有没有在乎一个人，直到现在都还没有放弃？

喃喃细语

当我对所有的事情都厌倦的时候，我就会想到你，想到你在世界的某个地方生活着、存在着，我就愿意忍受一切。你的存在，对我很重要。

在心底的那个圈子里的那些人，是一群让你到七八十岁想起来还是会微笑的家伙。她们是在你一无所有的时候，还陪着你不离不弃的人；是无论你遇到了怎么样的困境，都告诉你没事的，有她们在的人……于是，在那段硝烟弥漫的青春战场上，因为拥有了她们，你才有了最好的时光。

她对你有多重要？大概是你和她在一起，就有说不完的话，天南海北、鸡毛蒜皮，不管快乐还是忧伤的事，都能眉飞色舞地说个没完，而她能耐心地、微笑着倾听，这基本可以肯定她很重要了。人生漫长、青春易老，如果遇到一个能说话、能听你说话的朋友陪伴一生，实在是幸运至极。

想离开你的人，有千万种理由；想陪伴你的人，赶都赶不走；花不会因为你的疏离，来年不再盛开；人却会因为你的错过，转身为陌路。亲爱的，请珍惜一直陪伴在你身边的人。

只有经历过离别的洗礼，我们才知道谁是最重要的人。等到再重逢时，你就会发现，有些默契，过了再久都不会减少；有些人，隔得再远也依旧能给彼此以安慰。也许，她不能在你最困难的时候拉你一把，但也绝对不会让你掉下去；也许她不能在你万般无奈的时候，帮你把所有的困境都铲除，但绝不会让你一个人孤身奋战。

很小的时候，我就认为这个世界上最浪漫的事情，就是一个人跑很远的路去看另一个人，现在也是。

天气

日期

心情

离开的人越来越多，留下的人越来越重要

你会不断地遇见一些人，也会不停地和一些人说再见。从陌生到熟悉，从熟悉再回到陌生，从臭味相投到分道扬镳，从相见恨晚到不如不见。是的，认识的人越来越多，离开的人也会越来越多，但也证明了，留下的人会越来越重要。

所有你结实的朋友，如果能走过三个月的，就已很不容易；能坚持六个月的，尤为值得珍惜；如果能相守一年的，那堪称奇迹；能熬过两年的，才叫知己；超过三年的，值得记忆；五年后还在的，应请进生命里；十年后依然不离不弃的，那就不是朋友了，而是亲人，是你生命的一部分。

有一种最好的感觉，是知道某个人轻易不会离开你。无论经历怎样的挫折与争执，绕一圈，还是走回来。真的朋友，只是给予彼此的一种“笃定”。不要说“有缘的人打都打不散”，所谓缘分，不过就是一种努力。

你喜欢的人离开你，

没有什么；

正如你不喜欢的人，

你也要离开她一样。

I

miss

you

喃喃细语

亲爱的，为什么明明是你主动认识我的，而现在更舍不得离开你的人是我?

有的人来到你身边，告诉你什么是真情，有的人告诉你什么是假意；就像有的人来到你身边是为了给你温暖，有的人是为了使你心寒。这一切都是生命的礼物，无论你喜欢与否，都要接受，然后学着明白它们的意义——在往后的日子里，要更懂珍惜。人与人之间，能相遇已实属不易，能陪在身边的人少之又少。

这个世界上，有那么多的人并不了解你，你也不能一一解释。而你能做的，只有用力地活着，为那些爱你，你也爱的人，站成一棵树。

那些曾经亲密，后来疏远甚至消失的朋友，我们不必相互责怪对方有了新伙伴，也不必惋惜友情转瞬即逝。有些事情看似偶然，实则必然。人生的路很长，很多人都只能陪伴你走过其中一段，分开一定是有不适的条件出现，能够在适合的时候相聚在一起，开心过、痛快过，已经很好了。

越长大，在乎的圈子就会越小，这不是坏事情，你只要守护好该守护的人，就够了。就是这一小撮人，在你以为会孤立无援的时候，他们早就挺身而出，站在那儿了。

知己，能有一两个已经很好了，实在不必太多。朋友之乐，贵在那份踏实的信赖。

天气

日期

心情

世界上最美好的东西，都是免费的

时间最会骗人，但也能让你明白，这个世界没有什么不能失去的，离去的都是风景，留下的才是人生。人生最宝贵的不是你拥有的物质，而是陪伴在你身边的人。世界上最珍贵、最美好的东西往往是免费的，可惜好多人都不明白这个道理。

有的人你可能认识了一辈子却忽视了一辈子；有的人你也许只见了一面却影响了一生；有的人默默地守在你身边为你付出却被冷落；有的人无心的一个表情却成了你永恒的牵挂……我们常常是努力珍惜未得到的，而遗忘了已拥有的。不要向远方寻找幸福，它也许就在你的手中，你只要安然握住。

你就像黑暗里发着微光的蜡烛，像寒冬腊月的暖气，像烈日下的大树，像暴雨中的伞柄，你总是用一切我看得见和看不见的方式，让我安心。原来，与合拍的人一同向前，步调一致，就不怕走散。哪怕将来不在身边，哪怕有些目标不尽相同，但只要都在用各自的方式努力，彼此看一眼就是安全感。

阳光是免费的，时光却不能倒退；
友情是免费的，相遇却很不容易。

喃喃细语

亲爱的，自从遇见你，我的生活比以前更有意义。

遇见你之后，我便开始相信，无论成长的路有多荒芜，也总会有一些细小的温暖和感动，一直存在；无论年华会沧桑成哪副模样，也总会有一些风雨相携的陪伴，不曾远走；无论时间和空间如何变换，也总会有一些镜头会永存在记忆的枝头，摇曳生姿。世界上美好的事物有很多，但美好的人，只有你一个。

青春里，影响我们心情的事很多，灼伤我们眼睛的事也不少。但幸好有一个特殊的人，她从暖暖的春天陪伴着我到绿绿的夏天，从苍苍的秋天陪伴着我到茫茫的冬天，从难忘的昨天陪伴着我到今天，她还必将陪伴着我到永远。

一直陪伴着大雄的不是静香，而是哆啦 A 梦；一直陪伴着柯南的不是小兰，而是灰原爱……总有一天你会发现，一直陪伴着你的不是你爱的人，而是爱你的人。这个人比任何人都要了解你，也比任何人都要维护你，她尊重你，也支持你，尤为难能可贵的是，你不必为此付出一丝一毫的讨好。

最好的陪伴，是一种灵魂的在场。所以你不必把太多人请进生命里。若他们走进不了你内心，就只会把你生命搅扰得拥挤不堪。孤单，并非身边没有朋友，只是心里无人做伴。青春的战场上，遍地都是热闹而孤寂的灵魂，来来去去的人，很多只是游客。生命无需过多陪衬，需要的仅是一种陪伴。

上天把最珍贵的一切，
免费地给予了我们每一个人。
而我们，
却视而不见。

天气

日期

心情

没有刻意去想你，因为从来都不曾忘记

你也许已走出我的视线，但从未走出我的思念。夕阳西下，是我最想念你的时候，对着你在的那个城市，说了一声“我想你”。不知道，你是否听得到。思念真是一种难以掩藏的秘密，再寒冷的季节，它都会在心里融化，然后周身流淌，然后时刻激荡，然后从唇齿眼眸散发出来，萦成永不折断的牵挂。

最舒服的关系不一定要门当户对，但一定要同舟共济；不一定要形影不离，但一定要惺惺相惜；不一定要锦上添花，但一定要雪中送炭；不一定要天天见面，但一定要放在心里。友情最可贵的不是曾一同走过的岁月，而是分别以后依然会时时想起。

你离开以后，我很自由，也很落寞，你不是我的亲人，也不是我的恋人，却是我天天想念的人。我看见天空的飞鸟，会想到你；我看见地上的云影，会想到你；我看到雨中的花瓣，还是会想到你。

孤单时，仍要守护好心中的思念，有阴影的地方，必定有光。

喃喃细语

如果你那里天气晴朗，你就留在那里；如果你那里风雨凄凉，请赶快回到我身旁。

一首歌曲，会想到你；一些字眼，会想到你；一部电影，会想到你；一张侧脸，会想到你；一个笑容，会想到你；一点温暖，会想到你……我才发现，一个不小心，我竟然变得如此脆弱。我这才发现，随便一个不小心，我就会踩到想你的雷，然后，让自己粉碎在对你的思念里。

如果可以，我真想和你一直旅行。或许是某个无人问津的蛮荒小岛，或许是某座闻名遐迩的文化古城……我们可以沿途用镜头记录彼此的笑脸和属于我们的风景。我们可以一起吃早餐、午餐、晚餐；我们可以一起早起、晚睡、熬夜，看日出和星河……其实，风景如何并不重要，重要的是，我们还在一起。

在我的思念和眷恋中，你不曾缺席过。是你让我明白，所有的日子都会消逝，唯独思念永远崭新，在风雨以外静谧如初。

去见你想见的人吧，趁阳光正好，趁微风不躁，趁繁花还未开至荼蘼，趁现在还年轻，还可以走很长很长的路，还能诉说很深很深的思念，趁世界还不那么拥挤，趁飞机还没有起飞，趁现在自己的双手还能拥抱彼此，趁我们还有呼吸。是的，当我们想念一个人的时候，就应该义无反顾地去见她。

我怀念那些曾经，因为那里有我最单纯的思念与最完整的心。

第六辑

我们一起走到青春散场

你　笑　起　来，　真　像　好　天　气

//

我不明白什么叫恰到好处，我只是不想辜负谁和被谁辜负，该拥抱的时候我不退步，该笑的时候我绝对不会哭。

以后，你在我身边也好，在天边也罢，想到世界的角落有一个你，我就觉得，整个世界也变得温柔安定。

愿你我往后路途无悲常喜，所流出的泪皆因喜极而泣。

天气

日期

心情

如果我们变陌生了，就让我们再认识一遍

有时会想念一个久不联系的朋友，翻来覆去看着电话簿，终究还是放弃。时光变迁再无交集，已经找不到一个可以联系的理由。因为不确定对方是不是也在想你，于是故作潇洒地说“相见不如怀念”。其实我们只是害怕：自己在对方心里，已没那么重要……时光的沙漏谁也无法逃离，岁月是贼，总是不经意地偷走许多。

我没有更多的祝福给你，只希望你那边天气适宜，有茶可以喝，有人关心你，不会失眠，不会被骗。愿再次相见，你我都已褪去青涩不安，都能独当一面。等下次再见，我会用积攒了不知道多少天的温暖去拥抱你。

使人觉得遥远的，不是时间长，而是两三件不可挽回的事。比如，当你又一次联系我，我终于不再兴奋紧张，我终于学会对你爱答不理，我终于不再像以前那么没出息，你勾勾小手我就屁颠屁颠地跑过去，那种见到你就想笑的感觉，一种我们觉得会永远的感觉，竟然不见了。我明白，你终于从我心里搬了出去。

长大了，总有那么一两次机会，你会为了某个重视的人，跑那么一跑，因为，如果是前去送别的话，走路真的来不及。

喃喃细语

亲爱的，从未执着过的我只对你念念不忘，明明知道我们不会再有交集，我还在想象与你再相逢，全世界，不想错过的人，只有你。

每一枝玫瑰都有刺，正如每个人的性格里，都有你我不能容忍的部分。那些人、那些事、那些现在慢慢淡忘和想起的青春，都有你的痕迹。后来的我们，各自背起行囊，灯火阑珊，如同坠落的星光，那是你我遗落的忧伤。我想，下辈子我们一定会遇到的。

失去过许多朋友，因为我不善言谈，许久没联系他们，于是他们渐渐有了新朋友，把我遗忘，从此再无交集 。请不要觉得我冷漠孤傲，不要觉得我喜新厌旧 ，我只是怕一开口，就变成了令人心酸的客套。如果有一天我们变陌生了，就让我们重新认识一遍。

希望你别难过太久，希望你不要回头看我，希望你那里晴天很多，希望我们还可以偶尔想念彼此，希望你走得越远就有更好的风景。希望，一别两宽，各生欢喜。

多么想念以前的朋友，新朋友虽然也好，但是自己已经没有心力再去磨合包容一切，也不愿敞开心扉跟人深交，觉得跟人相处好麻烦，老朋友虽然距离有些渐远，可一聊天，那种熟悉感、亲切感都能让人鼻酸地怀念。我曾经听人说过，当你不能够再拥有，你唯一可以做的，就是令自己不要忘记。

那天早上，空气很好，风也很柔和，我突然想穿过几个城市去看你。

天气

日期

心情

来年陌生的，是昨日最亲的某某

越来越明白，除了三五好友和亲近的人，不要高估自己和任何一个人的关系。能让你掏心掏肺的人，始终只有那么几个。有些人一天不联系，两天不联系，也就慢慢地失去联系了，慢慢地变成彼此生活中可有可无的人。谁都想着友谊能天长地久，却没想到最难的，竟是保持联系。

删掉的人曾经有过几百页畅谈的聊天记录，街上碰见不打招呼的人曾经也乐此不疲地整天腻在一起，背地里把你骂得像狗的人可能曾经是你最好的朋友，身边人总在不断更替。一段关系有时断得悄声无息，却让人措手不及。其实人都差不多，新鲜感和热情消失得很快，有人离开，也会有人来。

我最害怕看到的，不是两个曾经很好的人有一天反目成仇、互相伤害，而是关系很好的两个人突然分开了，而下次再见时，竟像陌生人一样擦肩而过……我受不了那种残忍的过程，因为我不能明白：当初植入骨血的亲密，怎么会变为日后两两相忘的冷漠？

后来，我所知道的关于你的事情，就只剩下天气预报了。

喃喃细语

亲爱的，我可以抱你吗？像从前一样，动不动就熊抱。我可以骂你吗？像从前一样，“毒舌女”大战“可怜女”。

有一些人，他们赤脚在你生命中走过，眉眼带笑，不短暂，也不漫长，却足以让你体会幸福、领略痛楚、回忆一生。其实，两人在一起，不要去想对方重不重视自己，因为重视是经不起掂量和推敲的，你想得越多，困惑和失望就会越多。每个人的一生中，都会有很多段友情发生，陪你到最后的，只有那么几个。

有些人莫名其妙地闯进你的世界，给了你想要的温暖和陪伴，然而又莫名其妙地消失了。以前总是希望能有永不分离、时刻陪伴的朋友，现在越来越懂得，没有谁能够永远陪伴着你。缘分浅了，你们容易分离，很难再相见；缘分过深，又容易苛求对方，伤害彼此。人生路上，能遇见就不容易，且行且珍惜！

我们曾约好，去很多很多地方，后来那些地方，都成了遥不可及的远方。如今的我和你，有着一步之遥：我既无法上前一步，陪伴你左右；你也无法退后一步，和我重新做回最好朋友。我只能静静地看着你，默默地祝福你。但我希望你明白，我心里的某个空洞恰好是你的形状，其他任何人都无法填补。

时间终究还是陌生了彼此，我们不联系，也不说再见，直到旧知己变成了陌生的人。来年陌生的，是昨日最亲的某某。值得庆幸的是，昨日的某某，我曾遇见过。

有没有一个人，曾经占据了你全部的生活，现在却连声问候都会觉得尴尬？

I
miss
you

我记得最美好的三件事：

林深处曾遇见鹿，

海蓝时曾遇见鲸，

拐角时曾遇见你。

天气

日期

心情

就算终有一别，
也莫辜负了这一场相逢

所有的时光都是被辜负、被浪费之后，才能从记忆里将某一段拎出，拍拍上面沉积的灰尘，感叹它是最好的时光。曾经拥有的，请不要忘记；不能得到的，更要珍惜；属于自己的，不要放弃；已经失去的，留作回忆。

所有的离别，都是一个伤感的句子，只是人们都希望离别不是句号，而是破折号，指向一个带着笑容的温暖明天。我们在春风秋雨里无话不说，却在春去秋来里失去了联络。幸好彼此的青春都没有错过，我的年少有你，你的青春有我，我们挥手告别，依旧保持联系；我们各自努力，不怕距离。

告别时都爱强装洒脱，告别后都在强忍不舍；躲得了对酒当歌的夜，却躲不了四下无人的街。别等伤了再去安慰，忽冷忽热谁受得起；别等离开了才知道珍惜，这世界无法制造后悔药；别等心碎了再拿歉意拼凑，碎了的心无法重新愈合……有个令人尴尬的词，叫作“为时已晚”。

喃喃细语

亲爱的，从前，害怕离别，因为割舍不下；如今，我们许诺成为更好的自己，远行则有了意义。

记住那些在你生命中留下一笔的人，比如那些在深夜里陪你聊天、默默陪在你身边、生病时在你左右、你难过时会想起的人。正是因为这些人的陪伴，你才变成了现在的你。好好珍惜身边的每一个人，一如珍惜你自己一样。即使你们终究会面对离别。

成长的意义是遇见一个能够彼此照应的人，在相聚的时候，大笑；在分开的时候，挂念；在别人面前，有彼此才知道的典故和笑话；在无聊的时候，可以找到发短信的人……即使有一天，终究要散落天涯，可是因为曾经在命运里交汇过，曾为彼此的委屈伤心过，为彼此的灿烂微笑过，就已经足够了。

如果有一天我们绝交了、翻脸了，你出门向全世界骂我，我也不会把你哭着笑着在深夜只分享给我的秘密告诉别人。因为我知道，一个人把能让自己身败名裂、糟人耻笑的事告诉你的那一瞬间，一定是把你当作最亲近的人了。

人与人之间，就是一次遇见和一次别离。有些人，遇见和别离只有一刹那；有些人，遇见和别离却有一生那么长。曾经以为，离别是离开不爱的人，是离开厌烦的教室和数学试卷，直到有一天，我们长大了，才发现，离别竟然是离开你在乎的人，是擦着眼泪，不敢回首。

感觉离朋友最远的时候，是看见她穿着你没见过的衣服，在没有你的地方拍了照片，标注的是你不知道的事，评论的是你不认识的人。

天气

日期

心情

我在等一封信，来自久别的你

我感激每个在我生命里出现过的人，我知道你们是我的一部分，让我变成了现在的自己。可到某个阶段，其中的一些人就会莫名地失联，消失在生命里，直至模糊了轮廓。只愿你们有个自己喜欢的人生，有着想要的前程，那便最好。

成长的路上，总是点缀着各种各样的离别。当时，我们坚信离别是为了重逢，所以，说了再见。其实，世界太大，那些当初说永远不分离的人，一次分开，就可能后会无期、天涯两忘。

我不是一个会哭哭啼啼挽留别人的人，也不善于用华丽的言语装饰人际关系。我只会很笨拙地把思念埋在发间，让野风吹拂、雷雨浸润，看着它恣意抽长，直到承受不了，一把剪去满头的思念，然后在日渐冷清的年华里，看它重新纠缠。

后来的我们在同一个时区，却有一辈子的时差。我还是相信，即便你不在我的生活里，却在我的生命里；即便你不在我的身边，却在我的心间。如果有一天你回头张望，请记得，我还在这里啊！

信

如果说成长，

让我领教了世界是何等凶顽，

那么你，

让我发现了这个世界的温存和美好。

喃喃细语

亲爱的，说好了，这迷茫的青春，我要一直陪着你走，当有一天，你走不动了，我就陪着你坐着。

我并不害怕我们暂时分开，因为我相信，好的关系即便是绕一大圈还是会回来。只希望，不管三年、五年，或是十年以后。某一天，我们相遇，还能相认。你大喊一声“我想死你了”，那一刻，我定会泪流满面。亲爱的你，前路迷茫而艰辛，愿你能披荆斩棘，无所畏惧，勇敢前行。

和你失去了联系，我的生命就像是遗憾连缀的篇章，只是它没再给我机会去修改病句。我曾以为在你身边多待几秒，你会多想我一点；我曾以为拼命地和你说话，你会感觉到我在乎你。直到后来，我们在各自的世界里，重新遇见了新的快乐或忧伤。我希望你的快乐能给你快乐，我希望你的忧伤能有人治愈。

所谓离别，大概就是这样：往日的阳光，风和日丽，那些画面都像电影一样闪动，你想要放弃和你想要忘记的，你永远不会再看到了。你开心了吗？我不在乎是痛快、潇洒的离别，还是恋恋不舍、纠缠的离别，我只希望，关于这次离别的意义，每个人都要心中有数。

春天的花朵开在夏天，秋天听不见，冬天的想念。

天气

日期

心情

在所有人事已非的景色里，我最喜欢你

我们欢笑的脸庞，一不小心晃过的，竟是那么美好的时光。人们常常去怀念那些过去的事情，不是因为它有多美好，只是因为它再也回不来了。在我们生命中，有些人，再也不能回到相识的最初。但是，我们会记得。

不能强迫别人来爱自己，只能努力让自己成为值得爱的人，其余的事情则靠缘分。爱总是能给我们太多期许，在路上，我们一边付出、一边伤害、一边错过，每个人都是个体，都有自己的选择，莫失莫忘可能是我们能做到的最好选择。

春夏秋冬交替循环，时间马不停蹄地往前赶。曾经的欢声笑语和少不更事，都将被成熟所替代，但愿到繁华落尽的那一天，身边还有你。我们不会像普通朋友可能会陌生，不会像恋人那样三天两头地闹分手，我们相互那么了解，熟得像是骨肉相连、心灵相通。

我们总在冬天里想着夏天的背心和冰激凌，在夏天的烈日下怀念皑皑的雪，总在争取得不到的同时，把得到的丢掉。或许最美的事不是留住时光，而是留住记忆，如最初相识的感觉一样，哪怕一个不经意的笑容，便是我们最怀念的故事。但愿，时光，如初见。

青春散场，

不小心遗落的碎片，

扎伤的，

不只是心。

思念无果，终于滂沱。

I
miss
you

喃喃细语

亲爱的，你是我温暖的手套，冰冷的啤酒，带着阳光味道的衬衫，日复一日的念想。

如果有一天，你的生活中没有了我，请记住我对你的好；如果有一天，你的记忆中没有了我，请不要忘记我们相遇的每分每秒。当一个人习惯了另一个人的存在的时候，即使没有喜欢和爱，依旧会感到失落，会有点难过。我们在一起的日子，会是我今生最美丽的回忆。

小时候，希望自己快点长大，长大了，却发现遗失了童年；一个人的时候，开始羡慕朋友成群的热闹，朋友相聚时，又怀念一个人时的自由。很多事物，没有得到时总觉得美好，得到之后又不知道珍惜。等到物是人非之后，你才懂得怀念。于是我们总是在最不懂事的时候，错过了最真的东西。

倘若有一天，我把你弄丢了，你还会不会记得回来的路？我总是不厌其烦地回头张望、驻足，然后时光的洪流就带着我一路奔跑，曾经稚嫩的青春就这么一直陪伴着我，穿过明媚的风和忧愁的雨，笑靥如花的你一直站在我的回忆里，站成了一棵会微笑的樱花树，一直飘零。

想走的人留不住，想留的人不会走，谢谢一直陪伴在我身边的人，谢谢你一直都在。

天气

日期

心情

你像风来了又走，
我的心满了又空

很多事情永远都想不通，想不通为什么一眨眼，你我就形同陌路了。我更想不通，这些日日夜夜的疏离为什么都像是一夜之间发生的，想不通怎么就没办法和你并肩了。都说夜深才人静，其实好多时候，越是夜深，人越不平静，平日心底那点虫子般窃窃私语的怀念，总会在这时如回响般阵阵轰鸣。心里空了一块，才有回响。

正如故乡是用来怀念的，青春是用来追忆的，当你怀揣着它时，它一文不值，只有将它耗尽后再回过头来看，一切才有意义，爱过我们的人和伤害过我们的人，都是我们青春存在的意义。我常常怀念那些过去的事情或离开的人，不是因为他们有多美好，只是因为他们再也回不来了。

每个人的青春都像是在赶路，各自有各自的梦想。有人和你目标相近，有人则和你南辕北辙；有人愿意停下脚步，有人愿意在有限的时间里陪你认真走，但最终大多人都会分开……不管如何，因为曾经一路相伴过，这些人就显得很重要，即使有天不可避免地散了，也要心存感激地说：“很开心认识你。”

初见时那么亲切，而分别时可能连一声『再见』都来不及好好说。

喃喃细语

> 亲爱的，你离开以后，我最喜欢的时间是早上，好像什么都可以重新开始，好像会再遇见你，到了中午的时候，我就开始觉得忧伤，而晚上最难度过。

你要相信命运会带给你对的人选，不是你的着急不来，是你的别人也无法夺走。要知道，地球是圆的，转过身，相逢的人总会再相逢。

当时间偷走初衷，留下的只是苦衷。于是我们总是待在一段时光里，怀念另一段时光。喜欢一首歌，很多时候不是因为喜欢音乐本身，而是借一种方式，去怀念一个人。只是我们都忘了，怀念是最无能为力的事。

那么多乍见之欢、无话不谈，最后大部分都只是互相点赞。人与人走散，这是再正常不过的事，所以，珍惜那个“当人群散去，还留下来陪你”、那个“此刻还有话说，还互相陪伴”的人吧。

还要认识很多的人，还要发生很多的事，只是那些喜欢过的人还会再遇见吗？那些感动过的事还会再怀念吗？“永远”就像一个咒语，“永远在一起”“永远爱你”“永远是好朋友”“永远相信你”……这样的咒语，专门用来召唤“分离”“变心”“背叛”“怀疑”。所以，永远不要说“永远”。

我怀念的，
是无话不说；
我怀念的，
是一起做梦。

天气

日期

心情

纵然前路漫漫，你也并不孤独

在快要离别的时刻，我总是希望时间能够一秒一天，可事实上，却感觉一天一秒。在越来越少的日子里，我把有你在的每一分钟都安排得满满的，可是时间啊，总是这样的无可奈何，抓不紧，更握不住。以前总感觉“心疼”是个很矫情的词，可是现在，想到要离别，想到以后漫长的日子，我竟然有种心疼的感觉。

这次没有争吵、没有拉黑，但我们都懂，恐怕从此以后，就再无交集，但这应该可以算是最好的告别方式。我们坚定、勇敢，抱有对明天绝对的信任。我相信，不论这个世界是繁华盛世，还是它瞬间消失，我都会坚定地走向你，不慌张、不犹豫。

纵然前路漫漫，你也并不孤单。总会再出现一些新的、志同道合的人，与你一起前行。他们还会无私地帮你一下，你不用多想，他们没有私心，而是乐在其中，就像你奔赴前途那样光明磊落。亲爱的，勇敢地往前去吧！在路上，你真正需要强大的，不是外壳，而是内心。

很多人不是孤僻，而是有原则、有选择地社交。和喜欢的人千言万语，和其他的人一字不提。

喃喃细语

亲爱的，我们开始都一样，斤斤计较，还伪装成顺其自然；我们后来也一样，尽过全力，才可以接受失去。

这辈子，最让我觉得幸福的事，就是看着你，一步步地走向幸福。你要养好受伤的头发，保持百斤左右的体重，照顾好挑剔的胃，再交一个能一路废话的朋友；给自己疲惫的生活找一个温柔的梦想，然后彻彻底底跟过去的悲伤道个别，这就是你接下来要做的事。过去的，已经不可避免；未来的，还请你全力以赴。

没有不会好的伤，没有不会停下来的绝望。人活着，就是用生命书写自己的故事。总有一些事，我们不愿它发生，却必须接受；总有一些东西，我们不想知道，却必须了解；总有一些人，我们不想离别，却必须学着放手；总有一些时间，我们不愿它流逝，却发现根本无能为力。

生命中最重要的人，或许当你在身边的时候，能感觉到的也只是淡淡的温暖而已，并不比一杯热茶更显著。但当你失去的时候，整个世界瞬间荒芜。只知道我们总是在战胜空间，却对时间无能为力。世上并没有那么多冷漠无情的人，多的只是不擅表达的人。

我感激每个在我生命里出现过的人，我知道他们都是我的一部分，让我变成了现在的自己。还陪伴在我身边的，常来常往，保持联系；在路上走散的，原谅我只能在心底和你说声再见。愿我们在以后彼此看不到的岁月里，熠熠生辉。

我精编的伪装，被你突现的眼泪轻易卸下。你说，我们要一直一直在一起，不许离别，不要离别。

这是一本满足读者互动需求的实验性图书。我们想以此传达一种特别的理念：阅读的乐趣不是被动接受，而是主动参与。你可以把它当作书籍阅读和收藏，也可以把它当作一本特殊的笔记本使用。本书甄选了那些只有闺蜜才能说的悄悄话，只有闺蜜才会懂的私房话。愿你珍惜那个今天吵、明天笑、近了烦、远了想的人。

图书在版编目（CIP）数据

致闺蜜：你笑起来，真像好天气 / 夏林溪著．— 北京：化学工业出版社，2017.6

ISBN 978-7-122-29508-8

Ⅰ．①致… Ⅱ．①夏… Ⅲ．①随笔 - 作品集 - 中国 - 当代 Ⅳ．① I267.1

中国版本图书馆 CIP 数据核字（2017）第 081564 号

责任编辑：张　曼　龙　婧　梁　虹　　　装帧设计：远流书衣

责任校对：宋　玮

出版发行：化学工业出版社（北京市东城区青年湖南街 13 号　邮政编码 100011）

印　　装：北京新华印刷有限公司

889mm × 1194mm　1/32　　印张 6　　字数 150 千字

2017 年 7 月北京第 1 版第 1 次印刷

购书咨询：010-64518888（传真：010-64519686）　售后服务：010-64518899

网　　址：http://www.cip.com.cn

凡购买本书，如有缺损质量问题，本社销售中心负责调换。

定　价：48.00 元